大伴旅人の信仰

大伴旅人の信仰

増田早苗著

知泉書館

はじめに

大伴旅人（六六五―七三一）は安麻呂（?―七一四）の長子として誕生した。安麻呂は壬申の乱で功績があり、天武朝には重用され、七〇五年、大納言に任じられている。七一四年の安麻呂の死後、旅人が一族の長となる。政治形態を、豪族の連合体から急速に中央集権へと朝廷が推し進める時代にあって、旅人の生涯は大伴氏が権威を失っていく過程であった。七二〇年三月、征隼人持節大将軍に任じられ、五月一七日頃、九州に着任している。八月一二日、帰京を許される。留守中の五月二一日に、天皇家を頂点におく『日本書紀』が奏上される。

七二七年末頃、大宰帥に任じられ、ふたたび九州に赴任する。当時、中納言正三位で、六二歳になっていた。七三〇年末になって大納言に任じられ、帰京を許される。その留守中に造営された難波宮は、大伴氏が奉じたと思われる住吉神の神領と無関係ではなかったであろう。帰京の翌年夏に旅人は死去している。

『万葉集』に収められる彼の作品のほとんどは、大宰府赴任から死去するまでの、わずか四年足らずの間に作られたものである。旅人が最晩年になってから詠んだ歌は、武人・政治家としての姿勢ばかりでなく、その人柄や信仰を浮かび上がらせる。彼が信じる神は、一族の神でもあった。中央集権が確立しつつある時代背景において旅人の歌を紐解くと、大伴一族の信仰が朝廷の神事政策に取り込まれていく過程を映しだす。彼の歌には、『古事記』『日本書紀』成立以前からあった信仰の姿が残されている。

本書では、旅人の作品を作られたと思われる順に、章を追って取り上げた。「七夕と大伴旅人」の前書きとして、柿本人麻呂の七夕歌についての章を置いた。
ご一読いただければ幸いである。

目次

はじめに……v
一　竹取翁歌の幻想世界と現実……三
1　竹取翁……四
2　竹取翁歌の年代……七
3　時代背景……三
4　九人の仙女たち……三
5　作　者……一九
まとめ……三
二　日本琴《やまとこと》の贈物の意味合い……二七
Ⅰ　古代の琴……二七
1　考古学的知見から知る琴……二八
2　文献に見る琴……三〇
Ⅱ　藤原房前への贈物……四三

房前と琴……四三
旅人と琴……四四
房前への琴の贈物……四六
房前の返信……五〇
まとめ……五一
三　松浦川歌群の真意……五七
1　松浦川とツツノオ神の出現……五九
2　神名の変遷（大神→墨江大神→住吉大神）……六三
3　作歌の誘因……六五
4　離れ去る馬……七〇
5　神功皇后とツツノオ神……七一
6　吉田宜の返書……七三
まとめ……七七
四　柿本人麻呂の七夕歌……八一
1　中国伝説と比べる……八一
2　出典不明七夕歌と比べる……八三

3 人麻呂が奉じた神……八五
4 離れ住む悲しみ……八七
5 年に一度の逢瀬……八九
6 持統三年までの作歌……九四
まとめ……一〇四
付記……一〇五

五 七夕と大伴旅人……一一一
Ⅰ 妻の死と旅人の作歌……一一一
1 妻の死……一一一
2 松浦佐用姫歌群……一一七
Ⅱ 七月七日と七月八日……一三〇
1 七月七日の七夕宴……一三〇
2 七月八日の七夕宴……一三四
Ⅲ 旅人亡き後の七夕……一三九
1 相撲節会の定着……一三九
2 大伴家持と七夕……一四一
まとめ……一五二

六　高橋虫麻呂が見た大伴旅人の信仰……一五五
Ⅰ　高橋虫麻呂が見た大伴旅人……一五五
1　「検税使大伴卿」……一五六
2　高橋虫麻呂……一五八
Ⅱ　万葉歌浦島伝が描くシマコ像……一六一
1　作歌年代……一六二
2　主要素……一六四
Ⅲ　旅人と虫麻呂とのつながり……一七六
おわりに……一八三
年　表……4
索　引……1

大伴旅人の信仰

一　竹取翁歌の幻想世界と現実

裕福な家に生まれ育ち、昔は華やかな生活をしていたが、今は落ちぶれて老いたことを嘆く翁に、若くて美しい九人の仙女たちが言いよる。このような幻想の世界を語る歌群が『万葉集』(1)巻十六にある（三七九一―三八〇二）。歌群には、漢文の序が付されている。以下は、その読み下し文である。

昔老翁《おきな》あり、号《よびな》を竹取《たけとり》の翁《おきな》といふ。この翁、季春《きしゅん》の月に、丘に登り遠く望《みはるか》す。忽《たちま》ちに羹《あつもの》を煮る九箇《ここのたり》の女子《をみな》に値《あ》ひぬ。百《もも》の嬌《こび》は儔《たぐひ》なく、花の容《かほ》は匹《たぐひ》なし（原文：百嬌無儔、花容無匹）。ここに娘子《をとめ》等、老翁を呼び嗤《わら》ひて曰《いは》く、「叔父《をぢ》来れ、この燭火《ともしび》を吹け」といふ。ここに翁、「唯々《をを》」といひて、漸《やくや》くに趨《おもぶ》き徐《おもふる》に行き、座《むしろ》の上に著接《つ》きぬ。良久《ややひさ》にして、娘子等皆共に笑《え》みを含み、相《あひ》推譲《せ》めて曰く、「阿誰《たれ》かこの翁を呼びつる」といふ。すなはち竹取の翁謝《かしこ》まりて曰く、「非慮《おもはざ》る外《ほか》に偶《たまさか》に神仙に逢ひぬ。迷惑《まと》ふ心、敢《あ》へて禁《とど》むる所なし。近づき狎《な》れぬる罪は、希《こひねが》はくは贖《あか》ふに歌を以《もち》てせむ」といふ。即ち作る歌一首　并《あは》せて短歌

序から、続く長歌三七九一の主人公の呼び名が「竹取の翁」とわかる。「竹取の翁」とは、いったい誰のことであろうか。

1　竹取翁

まず竹の民俗について眺めてみる。竹製品は旧石器時代の遺跡からは出土していない。縄文時代の竹製品は籠や櫛として発掘された。練馬区では縄文時代後期の竹籠、(2)青森県亀ヶ岡遺跡からは縄文晩期の藍胎漆器《らんたいしっき》（竹製の編み物に漆を塗った器）、同じ亀ヶ岡文化に属する八戸市の是川遺跡からは赤漆を塗った籠、櫛が出土している。(3)岩手県盛岡市の萪内《しだない》遺跡からは縄文時代後期の漆塗りの竹櫛が破片を含めて七点、(4)宮城県山王囲遺跡からは籃胎漆器・櫛・腕輪・耳飾りなど、縄文晩期の遺物が見つかっている。(5)このような考古学的出土品は、竹製の籠、ざる、櫛などが縄文時代から用いられていたことを示す。

文献資料から見ると、どうであろうか。

『古事記』には、イザナキが死んだイザナミに会うため訪ねた黄泉の国から逃げ帰るとき、髪にさしていたユツツマグシ（神聖な爪櫛）の歯を折り取って投げ捨てると、たちまち筍が生えた。それを追っ手の醜女《しこめ》たちが食べている間に逃げた、とある。櫛の歯から筍が生えたのであるから、櫛は竹製であろう。筍は地上に頭を出してから、約三ヵ月で成竹になる。その異常な成長力は、竹に特別な霊力が宿るためと考えられたのであろう。また、悪の力に勝つ呪力をもつとして、神聖視されている。

同じく『古事記』に記される海幸・山幸の説話では、山幸彦が兄から借りた釣針を失くして困っていると、塩椎神《しおつちのかみ》が来て、無間勝間《まなしかつま》（隙間のない籠）の小船を作り、それに乗って、海神の宮殿に行くように勧める。『日本書紀』によると、山幸彦が嘆いていると、塩土老翁が来て、袋の中の黒櫛を取って地に投げると、多くの竹林になった。その竹を取って目の粗い籠を作り、山幸彦をその籠の中に入れ、海に投げ入れた。「一説に、無目《まなし》堅間《かたま》（隙間のない籠）で筏を作り、細縄で山幸彦を結いつけて沈めた。堅間とは、竹籠のことである」と注が付されている（神代下十段一書第一）。この説話でも、竹の生命力が強調され、『古事記』『日本書紀』では悪者とされる海幸彦に勝つための道具に用いられている。

『日本書紀』には、海幸彦と山幸彦が誕生のさいに、その母コノハナサクヤヒメは竹の刀をもってへその緒を切った。そのときに捨てた竹の刀は、のちに竹林となった、とある（神代下九段一書第三）。竹刀を用いるのは、金属刀がないためではない。神代下八段には、スサノオが大蛇を剣でもって斬り、草薙の剣をえたとされているから、金属刀はすでに存在していた。それにもかかわらず竹刀を用いるのは、生命力、霊力豊かな竹でもって生まれた子を祝福するためであっただろう。

隼人と朝廷に献じられる竹製品の間に深いつながりがあることが、先学によって検証されている[6]。竹器は大嘗会用（臨時）と年料竹器（常時）に大別される。大嘗会用竹器は熟笥《いりこ》（七二口）、煠籠《あふりこ》（七二口）、索餅乾籠《むぎなわほしこ》（二四口）、籭《したみ》（六口）の四種で、宮内省に納められる。熟笥は糯米を熬《い》って糒《ほしいひ》を作るため、煠籠はゆで餅を作るために用いた。索餅乾籠は、索餅（小麦粉・米粉・塩を練り合わせたものをゆでた食品）を作るときに乾かす籠、籭は底が方形、上部は円形の大型の笊とみられる。

年料竹器は、薫籠《くんろう》（大・中各一口）、紙漉簀《かみすきすのこ》（一〇枚）、茶籠（二〇枚）などである。薫籠は香炉の上に衣服をかぶせて、香をたき込めるために用いる大型の丸籠である。ほかの竹器はそれぞれ紙・茶を作るのに用いたものであろう。これらの竹器のほかに、隼人司で作られた竹製品に、簾《すだれ》、竹帙《ちつ》（書冊を包むおおい）、竹笠、竹扇などがある。

以上は隼人司についての『延喜式』の諸規定から推定されたものである（巻七神祇七、践祚大嘗祭式および巻二八、隼人式）。一〇世紀初めの成立である『延喜式』（九二七年撰進、九六七年施行）は、九世紀以降の状況を伝えているとしか言えない。しかし、養老令『職員令』に隼人司についての言及があることから（六〇隼人司）、隼人司が八世紀初頭から存在したことがわかる。衛門の下に隼人司が置かれており、その任務は、隼人とその名帳の管理とともに、（1）歌儛を教習すること、（2）竹笠を造作すること、とある。「歌儛」と「竹笠造作」は、隼人そのものの職務と理解できる。

「隼人と竹製品の生産が、古代職制から不可分のことであることが明らかになってくると、この竹取翁歌群に出てくる竹取翁は隼人の一人であると押さえることができる」という廣岡義隆氏の説[7]は納得できるものである。生命力の強さに由来して、竹には霊力、ひいては呪力があると信じられていたため、竹櫛や竹籠に悪と戦う呪力があると見なされたらしい。その呪力ある竹を扱う隼人たちも、呪術をもつ人々と見なされたと考えられる。朝廷は彼らの能力に畏れを抱き、その能力を利用しようとしたのであろう。

隼人司の職務とされる「歌儛」について付け加えると、『日本書紀』の海幸彦・山幸彦説話に次のような記述がある（神代下第十段一書第四）。

火酢芹命《ほすせりのみこと》は弟火折尊《ほおりのみこと》に懇願して「（略）もし私を生かしてくださるなら、私の生みの子の子々孫々の末代まで、あなたの宮殿の垣の辺りを離れず、俳優《わざおき》となりましょう」と申しあげた。（略）兄はふんどしをして、赤土を掌に塗り顔に塗って、弟に「私はこのように体を汚した。永久にあなたの俳優となりましょう」と申し上げた。そうして足を挙げて踏み歩き、その溺れ苦しむさまを真似した。（略）それ以後今に至るまで、この所作は全然止むことがない。

「俳優《わざおき》」は、ワザ＋ヲクから成る。ワザは、本来、深い意味や意図がこめられた神意、ヲクは「招く」ことを意味する。(8) ワザオキは、こっけいなしぐさや踊りによって神の心を慰め、神意をうかがったり、神を招いたりする意で用いられる例が多い。『日本書紀』には、天照大神が岩戸に籠ってしまった折、天鈿女命《あめのうずめのみこと》が岩戸の前に立ち、巧みなワザオキをした、とある（神代上第七段正文）。

古代の集団や共同体に伝承されている芸能は、本来は彼らの祀る神に奉納される、宗教的なものである。隼人の場合も、その歌舞は同じ性格をもつもので、ワザオキは神を祭の場に迎えるための所作であったに違いない。しかし、『続日本紀』養老元年（七一七）四月条には、大隅薩摩隼人らが天皇の前で風俗歌舞を奏上したことが記されている。ワザオキを朝貢・儀式の場で天皇の前で奏上することは、宗教的服属を意味する。(9)『日本書紀』は隼人を海幸彦・火酢芹命の子孫としたうえで（神代下第十段一書第二）、その歌舞を朝廷への服属儀礼として取り込んだのであろう。

2　竹取翁歌の年代

序にある「百嬌無儔。花容無匹」の表現は『遊仙窟』の影響を受けていることが指摘されている。『遊仙窟』は山上憶良と同年の張文成の作品で、遣唐使の一員として渡唐した憶良が日本にもたらしたものである。『遊仙窟』を下敷きにした表現が『万葉集』中に見られるのは、万葉第三期（七一〇—七三三年）以降の作品に限られる。

したがって、竹取翁歌の漢文序が記されたのは、それ以降と考えられる。[10]
序のあとに、次のような長歌、反歌二首、および返歌九首が続き、一連の歌群をなしている。[11]

みどり子の 若子髪《わきごがみ》には たらちし 母に抱かえ 褨襁《ひむつき》の 平生髪《はふに》には 木綿肩衣《ゆふかたぎぬ》 純裏《ひつら》に縫ひ着 頚付《うなつき》の 童髪《わらはがみ》には 纐纈《ゆふはた》の 袖付け衣 着し我を にほひよる 児らがよちには 蜷《みな》の腸《わた》 か黒し髪を ま櫛もち ここにかき垂れ 取り束《つか》ね 上げても巻きみ 解き乱り 童になしみ さ丹つかふ 色になつかしき 紫の 大綾《おほあや》の衣 墨江《すみのえ》の 遠里《とほさと》小《お》野《の》のま榛《はり》持ち にほほす衣《きぬ》に 高麗錦《こまにしき》 紐に縫ひつけ 刺部重部 なみ重ね着て 打麻《うちそ》やし 麻績《をみ》の子ら あり衣の 宝の子らがうつたへは 綜《へ》て織る布 日さらしの 麻手《あさて》作りを 信巾裳成者之寸丹取為支屋所経 稲置娘子《いなきをとめ》が 妻問ふと 我におこせし 彼方《をちかた》の 二綾下沓《ふたあやしたぐつ》 飛ぶ鳥の 明日香壮士《あすかをとこ》が 長雨忌《ながめい》み 縫ひし黒沓《くろぐつ》 刺し履きて 庭にたたずめ 罷《まか》りな立ちと 禁《いさ》め娘子《をとめ》が ほの聞きて 我におこせし 水縹《みずだな》の 絹の帯を 引き帯なす 韓帯《からおび》に取らせ 海神《わたつみ》の 殿《との》の甍《いらか》に 飛び翔《かけ》る すがるのごとき 腰細に 取り飾らひ まそ鏡 取り並《な》め掛けて 己が顔《かほ》 かへらひ見つつ 春さりて 野辺を巡れば おもしろみ 我を思へか さ野つ鳥 来鳴き翔《かけ》らふ 秋さりて 山辺を行けば なつかしと 我を思へか 天雲も 行きたなびく かへり立ち 道を来れば うちひさす 宮女《みやをみな》 さすだけの 舎人壮士《とねりをとこ》も 忍ぶらひ かへらひ見つつ 誰が子ぞとや 思はえてある 如是所為故為 古《いにしへ》 ささきし我や はしきやし 今日やも児らに いさにとや 思はえてある 如是所為故為 古の 賢《さか》しき人も 後の世の 鑑《かがみ》にせむと 老人《おいひと》を 送りし車 持ち帰りけり 持ち帰りけり
（三七九一）

反歌二首

死なばこそ　相見《あひみ》ずあらめ　生きてあらば　白髪児《しらかみこ》らに　生《お》ひざらめやも（三七九二）

白髪し　児らも生ひなば　かくのごと　若けむ児らに　罵《の》らえかねめや（三七九三）

これらの作歌年代については、どうであろうか。竹取翁歌は、『万葉集』の歌の中でもっとも借訓仮名が多用された歌である。その借訓仮名の中に、きわめて限定された小範囲の資料だけに用いられ、年代的片寄りを見せる用字がある。これらを見出して、竹取翁歌の年代を推定しておられる稲岡耕二氏の説を、以下に紹介させていただく。(12)（論考が関係する訓読文は、注として掲載した。）

a　菜《な》について

歌三七九一に一例ある菜《な》は、『万葉集』のみに見られる借訓文字である。斉明期のものに一例（八）、養老から神亀にかけての約十年間に四例（三二二、九三一、九三五、一七三九）、天平八年のものに一例（一五六九）、その他年代未詳に八例（一一八五、一八三六、一八七四、一八八八、二七六三、二七九八、三二九六、三七九一）ある。天平以前と天平以後とにわけた場合、天平以前が多く、天平以降として確かな例は天平八年（七三六）の家持の一例しかない。

b　蚊《か》について

蚊《か》は『万葉集』に二四例ある。借訓仮名であることが確かな二三例についてみると、持統朝に一例（一三八）、巻十一に四例（二六二四、二六三二、二六四二、二六四六）、巻十三に三例（三二二五〈二回〉、三二二六）、巻十六に一五例（三七九一〈一四回〉、三七九四）である。年代のわかるものは一三八の人麻呂の歌のみで、他は巻十一と十三、それに竹取翁歌ということになる。天平以降の用例とわかる借訓仮名の例は、一つもない。『万葉集』以外では、『古事記』『日本書紀』『出雲国風土記』『続日本紀』に用いられている。『出雲国風土記』は天平五年編述と記されているから、その中の用字はそれ以前のものであろう。『続日本紀』に見られる人名・蚊屋は、『日本書紀』持統七年条の蚊屋忌寸木間と同系であろう。

c　経《ふ》について

経《ふ》が用いられる例は、『日本書紀』『常陸国風土記』『肥前国風土記』のみに見られる。『常陸国風土記』は養老の成立といわれる。『肥前国風土記』には、経津主神《ふつぬし》という用例が一つだけある。これは『日本書紀』の書法が踏襲されたものであろう。『万葉集』の経《ふ》の用例は、正訓フル・フレを含めて四〇例ある。竹取翁歌群中では、三七九一中七例、三八〇一中一例見られる。年次が天平以前と見られるもの十例（一三五、一九四、二六四、二八二、四二三、一二一八、三二二七、三三一四、三三二四、三三二五）、天平以後三例（四七八〈天平十六〉、六四一〈天平末詳〉、一〇〇八〈天平八〉）となる。もっとも用例の多いのが持統・文武の頃の歌であるが、神亀にも見える（一二一八）。奈良時代に借訓的用例は見えない。

d　異《け》について

借訓仮名異《け》は、『万葉集』のみに見られる。竹取翁歌群では三七九三に「かくのごと若異む見ら」と、異《け》がケ甲[13]として用いられている（三七九四）。この一群では、ケ乙には毛を使用している。『万葉集』中、異《け》をケ甲にあてるものは三六例ある。作歌年代の明らかなものでは、神亀三年の例まで五例（四九一、九三一、九四一、三二四六、三三二八）、天平以降の用例は一四（四七六、四七八、五九八、六三三、六九八、一六三二、一八〇〇、一〇四七、一〇四八、一〇五〇、一〇五一、一〇五九、三九六二〈天平一九〉、三九六九〈同上〉）ある。このような文字は、使用年代の上限を確定させる。もっとも古い例は、四九一（天武朝か）ということになる。

e　迹《と》について

迹《と》は、『万葉集』『日本書紀』と風土記逸文のみに見られ、『万葉集』では巻六以降にしか見られない。『日本書紀』では、人名や地名などに用いられている。『万葉集』の用例は一四しかなく、そのうち六例は三七九一、一例は三八〇一で、ト・ド乙の清濁いずれにも用いられている。残る七例のうち、年代の推定できるものは三例（一〇二三〈天平一一年か〉、一〇四七〈天平一六年頃か〉、一〇五九〈同上〉）で、天平以前に一首もない。しかし、『日本書紀』では人名や地名に用いられている。『古事記』には用いられていない。迹の借訓仮名としての用例の上限は、『日本書紀』成立頃（養老四）と考えられる。

a、b、c、d、eをまとめると、次のようになる。

菜・蚊――――神亀年間（七二四―七二八）
経――――天平一六年（七四四）
異　天武朝?――――天平一九年（七四七）
迹　養老年間（七一七―七二三）――――

竹取翁歌群は万葉歌の中では借訓仮名をもっとも多用するが、音仮名は長歌三七九一に四字（何《が》・之《し》・支《き》・邇《に》）、続く短歌三七九三に一例（母《も》）を見るに過ぎない。これは『万葉集』の表記法の中でも特殊なものである。巻十六の編者の用字癖かというと、そうではない。助詞のカ・ト・ニ・ヲ・ヤに「蚊」「迹」「丹」「尾」「八」を用いて、他の文字をほとんど用いない。この傾向は、巻十六はもとより、『万葉集』全体を通じても他に類例がない。したがって、編者の用字ではなく、編者の手に入る前に、すでにこのような形であった。この歌の原筆者がとった表記と理解できる、というのが稲岡氏の説である。

氏の説を踏まえると、竹取翁歌が原筆者によって記された年代は、養老年間（七一七―七二三）から神亀年間（七二四―七二八）ということになる。

3　時代背景

この歌が書かれた時代、竹取翁に擬されている隼人と朝廷とのかかわりは、どのようであっただろうか。

隼人と大和政権との摩擦は文武四年（七〇〇）に始まっている。政権が及んでいなかった九州南部を調査する目的で朝廷が遣わした覓国使《べっこくし》を現地住民が威嚇したのに対して、筑紫の惣領に犯罪の場合と同じように処罰させている。大宝二年（七〇二）八月、日向国を割いて唱更国（のちの薩麻国）が設けられ、住民が戸籍に組み込まれた。九月、反抗した薩摩の隼人を征伐した軍士に功績に応じた勲位が与えられているから、唱更国を設けるさい、反乱があったことがわかる。

和銅六年（七一三）四月、日向国からさらに四郡を割いて大隅国を設けている。日向国は薩摩、大隅を分国し、三国になる。七月、隼人討伐に功のあった一二八〇余人に勲位を与えたという『続日本紀』の記事は、大隅国の分国と造籍に対して隼人の反乱があったことをうかがわせる。和銅七年三月条には、「隼人は道理に暗く荒々しく、法令にも従わない。よって豊前国の民二百戸を移住させて、統治に服するよう勧め導かせるようにした」とある。

養老二年（七一八）に養老令が成立する。(14) 先に述べたように、養老職員令によって隼人司がおかれ、その職域が定められた。養老四年（七二〇）二月、大隅国守の陽侯史麻呂《やこのふひとまろ》の殺害に始まる隼人の反乱が起る。六月、隼人の乱の鎮定に持節将軍大伴旅人を派遣し、その拠点を一掃させる。八月に旅人は入京させるが、副将軍以下のものは、隼人を平定し終っていないので、そのまま駐屯する。征隼人副将軍らが帰還するのは翌年の七月で、斬首したものや捕虜は合せて一四〇〇人余であった。『続日本紀』養老七年（七二三）四月条に、日向・大隅・薩摩の士卒は隼人の征伐のため軍役に引き出され、飢饉や疫病が起っているため、三年間租税負担の免除を大宰府が言上したとあり、日向・大隅・薩摩での隼人との摩擦が続いていたことを示す。同年五月、大隅・薩摩二国の隼人たち六二四人が朝貢し、宴を賜わっている。三四人の酋長が位を授けられ禄を与えられる。神亀四年（七二七）末頃、大伴旅人が大宰帥に任じられたらしい。大宰帥の任期はほぼ三年で、旅人が帰京したのは天平二年（七三〇）一二月であった。

養老から神亀にかけて、大和政権は隼人と戦い、彼らを支配下においていく。隼人側から言えば、自立を奪われ、従属を強いられていく時代であった。

長歌中、翁が今は老いさらばえたが、裕福な家に生まれ育ったこと、若いころは華やかな衣服を着け、女性にも男性にももてはやされたことを語る。歌の終わりに、「ささきし我や　はしきやし」とある。「はしきやし」は挽歌三六九一、三六九二の例に見るように、哀れに思い発する感動詞である。昔は華やいでいたが、今は老いて落ちぶれた自分を嘆く竹取翁は、養老から神亀にかけての時代の隼人の族長の姿ではないか。族長ばかりでなく、隼人一族の姿でもあるだろう。

4　九人の仙女たち

序によると、竹取翁が丘に登ると、羹《あつもの》を煮ている九人の乙女たちに出会う。乙女たちは翁を呼んで、火を吹いて起こすように言う。そこで翁はその席に着き、乙女たちに言われて羹を用意する。食べ物や飲み物を供するのは服属儀礼である。翁は乙女たちを「神仙」と呼んでいる。神仙の乙女たちとの出会いは、翁の没落の物語の始まりである。この乙女たちは誰であろうか。

九神社

『続日本紀』大宝二年（七〇二）一〇月三日条に、薩摩の隼人を征伐するとき、大宰府管内の九神社に祈祷したが、その神威のおかげで、荒ぶる敵を平定することができた、とある。大宰府管内の九神社とは、どの神社であったのだろうか。朝廷軍が勝利を祈願する神として、筑紫の宗像地方に広く蟠踞し、中央と結びついていた宗像一族が奉じた神が考えられる。宗像氏の首長徳善の娘は天武天皇の妃となり、高市皇子を生んでいる。天武一一年（六八二）に徳善は朝臣姓を受けている。『日本書紀』は、宗像神を三柱の女神とする。これが九神社のうちの三神社であったとしても、他はどの神社なのか明らかではない。

聖数「九」

九人の仙女たちについて、他の関連も考えうる。「九」は中国文化では聖数であった。神事の楽歌楽章は、「九夏」「九韶」のように、九とよぶのがその伝統であった。[15] 屈原の作品には、「九歌」や「九章」がある。「九歌」は、実際には一一篇の歌を収める。万葉前期にすでに中国的表現に根ざした表現が文字や語句などにわたって現れるが、前期後半が輩出した大伴旅人・山上憶良などの歌に漢籍の影響が指摘されている。[16]『文選』『遊仙屈』などが、利用された書籍の代表的なものであった。旅人の歌（三一六）や藤原宇合の歌（三一二）にみられる「昔－今」という対比の手法は、『文選』の詩文に多数の例があることが指摘されている。[17] 竹取翁歌の「古《いにしえ》　ささき

し我や　はしきやし　今日《きょう》やも児《こ》らに」という対比も、同類であろう。万葉後期になると、さらに外来書の利用が多くなっている。

「九歌」は、楚の王室が行う祭祀の舞楽歌で、宮廷が祀った神々に捧げられている。「九歌」との連想において考えると、竹取翁歌の九人の仙女は朝廷が祀った神々を想定させる。仙女たちは、朝廷が隼人との戦いの勝利を祈願した九神社であろうという前項の推測と一致する。

九人の仙女は「九歌」ばかりでなく、同じく屈原作の「九章」をも想起させる。屈原は中国戦国時代後期の人物で、楚の王族であった。「九歌」をまとめていることから推して、宮廷の祭祀を任じられていた巫祝集団の長であったと思われる。若くして王の信任を受けて左徒に任じられるが、讒言によって追放され、祖国を憂いながら入水する。「九章」は、その過程と屈原の胸中を詠ったものである。歌は屈原個人の運命をたどるが、それは彼が長であった巫祝集団の衰落の過程でもある。各篇の歌によって、この集団が都を追われ、各地を漂泊しながら、ついに崩壊に至るまでの過程をたどることができる(18)。

竹取翁歌群の九人の仙女たちは、「九章」を暗示する。二節で述べたように、『日本書紀』は隼人たちをワザオキの一族とするが、楚の巫祝集団と類似している。「九章」を連想させる竹取翁歌群は、隼人の衰亡を想起させる。「九歌」と「九章」とのつながりでもって、九人の仙女は朝廷の勝利と隼人の凋落を同時に浮び上がらせる。

仙女たちの応答

翁の長歌と反歌二首に、仙女たちの歌九首が続く(19)。

娘子《をとめ》が和《こた》ふる歌九首

はしきやし　翁《おきな》の歌に　おほほしき　九《ここの》の児らや　感《かま》けて居《を》らむ〈一〉（三七九四）

恥忍《はじしの》び　恥を黙《もだ》して　事もなき　物言《ものい》はぬ先に　我《われ》は寄りなむ〈二〉（三七九五）

否《いな》も諾《を》も　欲《ほ》しきまにまに　許すべき　かたちは見ゆや　我も寄りなむ〈三〉（三七九六）

死にも生きも　同じ心と　結びてし　友や違《たが》はむ　我も寄りなむ〈四〉（三七九七）

何《なに》すと　違《たが》ひは居《を》らむ　否《いな》も諾《を》も　友の並《な》み並《な》み　我も寄りなむ〈五〉（三七九八）

豈《あに》もあらぬ　己《おの》が身のから　人の子の　言《こと》も尽くさじ　我も寄りなむ〈六〉（三七九九）

はだすすき　穂には出《い》でそと　思《おも》ひたる　心は知らゆ　我も寄りなむ〈七〉（三八〇〇）

墨之江《すみのえ》の　岸野《きしの》の榛《はり》に　にほふれど　にほはぬ我や　にほひて居らむ〈八〉（三八〇一）

春の野の　下草《したくさ》なびき　我も寄り　にほひ寄りなむ　友のまにまに〈九〉（三八〇二）

九首の歌の下に書かれた数字〈一〉〈二〉〈三〉は、連作の順序を示す。このように複数の人が同時に詠んだ歌群の各歌の下に番号を打つことは、『文選』『玉台新詠』などの漢詩の例にならったものである。[20]最初の仙女が翁に対して無礼なことをしたと詫びるのに続いて、他の乙女たちも次々と同調して詫びる歌を詠む。二首目の「恥忍び」は、女性が男性に求婚するさいの羞恥を意味する。二から七首目の末尾は「われは寄りなむ」「われも寄りなむ」、八首目は「匂ひて居らむ」、九首目は「われも寄り匂ひて居らむ」となっている。九人がともに翁と結ばれてもよいと表明している。翁はというと、仙女たちと結ばれることを望むようすはない。

裕福であったが貧しくなって老いた翁、その翁との結びつきを求める仙女たちは、何を表すのであろうか。男女の結びつきではなく、人と神との結びつきではなかろうか。仙女たちは朝廷が隼人征服を祈願した九神社を暗示するとすれば、乙女たちと翁との結びつきは、朝廷が定めた神々と隼人たちの信仰との混交を思わせる。

大宝律令（七〇一年成立）によって、太政官と並んで神祇官がおかれ、大和政権下の神事は神祇官の下にあった。『延喜式』神名帳には、大隅・薩摩両国では七座が記載されている。

大隅国

鹿児島神社　桑原郡　比定社　鹿児島神宮（鹿児島県霧島市隼人町）

大穴持《おおなむち》神社　曽於《そお》郡　大穴持神社（鹿児島県霧島市国分広瀬）

韓国宇豆峰《からくにうず》神社　曽於郡　韓國宇豆峯神社（鹿児島県霧島市国分上井）

宮浦神社　曽於郡　宮浦宮（鹿児島県霧島市福山町）

益救《やく》神社　馭謨《ごむ》郡　益救神社（鹿児島県熊毛郡屋久島町宮之浦）

薩摩国

枚聞《ひらきき》神社　穎娃郡　比定社　枚聞神社（鹿児島県指宿市開聞十町）

加紫久利《かしくり》神社　出水郡　加紫久利神社（鹿児島県出水市下鯖町）

七座のいずれも国司が幣帛を捧げる国幣社で、鹿児島神社のみが大社、他は小社である(21)。

鹿児島神社はもと、現在の社殿の北東約三〇〇メートルのところにある石体宮《しゃくたいぐう》の地にあったという。石体宮は石を神体としており、今もお産の神様として信仰されていて、女神であった可能性を残す。石体宮から現在地に移って創建されたのは、社家伝では和銅元年（七〇八）とされている。鹿児島の名を冠せられたこの神社は、その祭神が本来はこの地で成長してきたものであろうことを推定させる。大和政権が大隅を支配下におく以前、この地で広く信仰されてきた神があったはずである。その神は、隼人の守護神とされていたに違いない。

大穴持神社は桜島噴火でできた神造島を官社として祭ったことが、『続日本紀』宝亀九年（七七八）一二月条に見える。

韓國宇豆峯神社を祀る国分市は、以前は国府の所在地で、大隅国の中心であった。社の歴史は明らかでない。和銅七年に隼人勧導のため豊前国の民二〇〇戸を移住させている。その移住先は大隅国の国府の地周辺であったことが推定される。移住した人々が、守護神として持ち込んだ神であった可能性がある。

宮浦宮の鎮座地は大隅半島の西の付け根の平坦部で、鹿児島湾を挟んで桜島に正対する地となっている。

益救神社・枚聞神社は、それぞれ宮之浦岳・開聞岳（火山）を神体山とするが、これらの山は航海の目標となることから、航海安全を祈願する海洋信仰とも結びつく。

加紫久利神社背後の矢筈岳は神体山とされている。古くはカシクリ山ともよばれた伝承があり、山頂には磐座と推定されるものがある。

上記のように、『延喜式』神名帳が官社と認めた神社に比定される神社が現在祀るのは、『古事記』『日本書紀』神話に登場する神々である。しかし、『古事記』『日本書紀』成立以前から在地の信仰があった痕跡を残している。それは桜島・開聞岳などの火山をふくむ山々や石を神体と崇める自然信仰であったようすである。

竹取翁歌群の序には、竹取翁が羹《あつもの》を煮ている九人の仙女たちに出会い、仙女たちに火を吹いて起すように言われて、その席に着いたことが記されている。竹取翁は隼人、仙女たちは朝廷の奉じる神々を暗喩でもって表すとすると、序は隼人の朝廷への服属を語るといえよう。翁が詠う長歌は、隼人たちの凋落の物語である。裕福な家に生まれ育ちながら貧しくなり老いた翁に、隼人の族長が擬されている。仙女たちは翁に結ばれようといざなう。

彼女たちが翁をいざなう歌は、春の野の野遊びの明るさを感じさせない。乙女たちと翁との結びつきは、隼人たち独自の信仰に、大和政権が『古事記』『日本書紀』の神々を習合させていった事実を暗示すると思われる。

5 作 者

序から仙女の歌まで含む一連の歌は、朝廷によって征服された隼人が落ちぶれて貧しくなるばかりでなく、独自の神事を失っていく事実を、物語調の歌に託して伝えている。竹取翁歌群は、隼人たちへの思いやりと、征服者である朝廷に対する批判を潜めているように思われる。

作者は誰であろうか。漢籍に明るい知識人とするのが、通説である。養老・神亀年間の漢籍に明るい知識人といえば、山上憶良と大伴旅人である。憶良説もあるが[22]、私は以下の理由から、旅人であろうと推測する。

(1)政治的視点——竹取翁歌群を上述のように理解すると、そこには政治家の視点が存在する。憶良は神亀年間に筑前守に任じられているが、生涯、従五位下で、貴族としては末端に位置する。それに比べて、旅人は名門大伴氏の出で、養老二年(七一八)三月に、中納言に任じられている。翌年の正月には、正四位下を授けられる。神亀元年(七二四)二月、正三位に昇位している。

(2)隼人とのかかわり——旅人は武人でもあった。それも隼人と深いかかわりがあった。養老四年(七二〇)三月には、征隼人持節大将軍に任命され、六月、隼人の乱の鎮定に派遣されている。神亀四年(七二七)の末頃、旅人は大宰帥となったらしい。翌年には大宰府に赴任し、天平二年(七三〇)一二月に帰京している。

(3)隼人への人道的配慮——隼人たちに対して旅人は同情的であったと考えられる事実がある。旅人の歌に

「隼人《はやひと》の　瀬戸《せと》の巌《いはほ》も　鮎《あゆ》走る　吉野の滝《たき》に　なほ及《し》かずけり（九六〇）」とある。『万葉集』中に並べられた順序から、神亀五年（七二八）末頃に詠まれたものかと思われる。時期の詳細は定かでないが、大宰帥として赴任中に、旅人が隼人の地を訪れたことを示す。征隼人軍を率いた数年後、大宰帥としてふたたび訪れた隼人の地で、彼は何を見たのだろうか。美しい自然は変わらずとも、貧困を極め、貶められる隼人たちではなかったか。

『続日本紀』天平二年三月七日条は、大宰府から次のような言上があったことを記す。(23)

大隅と薩摩の両国の人民は、国を建てて以来、いまだかつて班田を受けたことがありません。彼らの所有する田地は、すべて耕地を開いた墾田で、先祖からうけついで耕作しており、田地を移動して耕作することを願っておりません。もし班田収受を行えば、おそらくはさわがしい訴えが多くでるでしょう。そこで旧制のままで移動させず、それぞれ耕作させせたいと思います。

班田は、六年ごとに作成される戸籍にもとづいて、六歳以上の男女に一定額の口分田を与えることになっていた。隼人の居住地域では、一部を除くと平地が少なく、地質も田地に不適切であった。従来の隼人の共同体は、農耕を主な生業とする構成ではなかったと推測される。それでも政府は猶予することなく、戸籍作成を急がせ、造籍の上、大宰府を通じて班田制の施行を図ろうとしていた。しかし、この言上の結果、朝廷は大隅・薩摩の班田収受をしないことにしている。大宰府が言上をした年に大宰帥であったのは、旅人である。

（4）旅人自身の心境——吉田宜《よろし》の歌（『万葉集』八六四）にそえられた序に、天平二年（七三〇）四月六日付けで旅人から手紙が送られたことが記されている。宜は医術家で、僧であったが、文武四年（七〇〇）、その医術を生かすために勅命によって還俗させられている。宜宛の旅人の手紙には「辺城《へんじょう》に羇旅《きりょ》し、古旧《こきゅう》を懐《おも》ひて志を傷《いた》ましめ、年矢停《ねんしとど》まらず、平生《へいぜい》を憶《おも》ひて涙を落とす（僻地大宰府に旅寝し、過去を懐かしんでは心を痛め、年月が早く去ってしまい、若い当時を偲んでは落涙する）」とあったらしい。

当時、旅人は六六歳になっている。大宰府に赴任後まもなく、同行していた妻郎女《いらつめ》を亡くす。僻地の仮の宿での生活は、孤独でもあっただろう。若いころを偲んで涙した、とある。慶雲二年（七〇五）に従三位大納言となっている安麻呂の長子・旅人には、若かりし時代、都での華やかな生活があったであろう。年老いて、昔の生活を失い悲しむ旅人の姿は、竹取翁と重なる。竹取翁は隼人の姿でもあれば、旅人自身の姿でもあったのではないか。

（5）スミノエの表記――長歌に、翁は「墨江《すみのえ》の　遠里小野《とほさとおの》の　ま榛《はり》持ち　にほほす衣《きぬ》に」とある。スミノエの遠里小野の榛《はんのき》の実で染めた衣を着ていた、とされる。仙女たちの歌第八には、「墨之江《すみのえ》の　岸野《きしの》の榛《はり》に　にほふれど」とあって、やはりその衣がスミノエの榛の実で染められていたとする。大阪市住吉区には、遠里小野《おりおの》の地名が残る。住吉大社の南の地域である。巻第七の「摂津にして作る歌」の一首歌一一五六には、「住吉の遠里小野の」とある。住吉大社が現在位置する地の南一帯が、遠里小野と呼ばれたと考えられる。竹取翁歌群中の「墨江」も「墨之江」も摂津国の一地域を指している。

スミノエの表記には、変遷の歴史がある。[24]「清江」を用いる万葉歌二九五は、文武天皇を「我が大君」と呼んでいるが、文武は七〇七年に崩じている。スミノエが古くは「清んだ江」を意味したことを示す。『古事記』（七一二年に成立）は、一貫して「墨江」と表記する。「墨江の三前の大神」の表記に、スミノエの神が江の神であった名残をとどめている。スミノエの大神は、もとは「清んだ江にいます神」の意味であっただろう。『摂津国風土記』（七一五年？成立）逸文には、オキナガタラシヒメのみ世に住吉大神がこの世に姿を現し、沼名椋《ぬなくら》の長岡の崎まで来られ、「真《ま》住《す》み吉《え》き住み吉き国」（住むのに一番良い土地）ととなえごとをなさったので、そこに住吉大神を祭る社を定め、それがスミノエの由来であるとする。『摂津国風土記』によれば、「住吉《すみのえ》」は「住み良い国」を意味する。『日本書紀』（七二〇年成立）では、「住吉」が用いられる。

竹取翁歌群は『日本書紀』成立後に作られたにもかかわらず、「墨江」「墨之江」の表記を用いており、こだわりを感じさせる。スミノエは大伴氏の父祖の地であった。旅人の高祖父（曽祖父の父）・金村の家があったとされる（『日本書紀』欽明元年）。旅人の息子・大伴家持作、天平勝宝七年（七五五）の歌四四〇八に、「須美乃延《すみのえ》の我が皇神《すめかみ》」とある。「皇神」は、一地域を領する最高位の神を意味して使われていると思われる。翌年作の歌四四五七には「須美乃江《すみのえ》の浜松が根の」とあって、家持が奉じたのはスミノ江の神であったとわかる。スミノエに祀られる海の神が、一族が奉じる神であっただろう。

ところが、『日本書紀』は、ニニギノミコトをアマテラスの皇孫とし（神代下第九段正文）、ニニギが降臨するに際して、大伴連の遠祖《とおつおや》天忍日命《あめのおしひのみこと》が先払いをしたとする（同段一書第四）。大伴氏の先祖の神を、オシヒとしている。

大和政権が中央集権を確立させるには、統治権ばかりでなく、神事権を掌握しなければならなかった。大宝律令において太政官と並ぶようになった神祇官には、国々の祭祀を司る権限があった。神祇官の長官である神祇伯は、藤原氏と同族の中臣氏が占めた。天皇家の祖神を頂点に置く『日本書紀』が成立すると、その神統図にしたがって、豪族たちに祖神が配されたと考えられる。

竹取翁歌が作られたと思われる天平元年前後、大和政権はまだ国々の神事を全面的に掌握していなかったであろう。この時点で、大伴氏の神事は完全には大和政権下になかったかもしれない。しかし、朝廷の動向を旅人は予知していたであろう。氏神を大和政権の支配下に置かれる危機に面していた点で、独自の祭りごとを失った隼人たちと似通った境遇にあったといえる。

（6）微証を付け加えるなら、仙女の歌に「死にも生きも（死藻生藻）」とある。旅人作の歌に「生ける者《ひと》　遂にも死ぬる」（三四九）という表現がある。このような思惟的背景をもつ表現を憶良のものと考える可能性もあるだろうが[25]、それを用いる憶良の歌はない。旅人が思惟的な歌を作らないと証明できない限り、竹取翁歌群を旅人作と考える微証となるだろう。

まとめ

朝廷の侵略に対する隼人たちの抵抗が、大伴旅人が率いた政府軍によって終結したのは、養老年間であった。養老令によって隼人司が定められ、その下におかれた隼人たちの職掌に竹の造作がある。竹取翁に擬されているのは、隼人であろう。用いられる借訓仮名から、竹取翁歌が原筆者によって記された年代は、養老年間（七一七―七二三）から神亀年間（七二四―七二八）と推定できる。

長歌中、翁は自分が裕福な家に生まれ育ったこと、若いころは華やいでいたが、今は老いて落ちぶれたことを嘆く。竹取翁は、養老から神亀にかけての隼人の族長とその一族の姿であろう。

翁歌に続く九人の仙女たちは、朝廷軍が薩摩の隼人を征伐するとき勝利を祈願した大宰府管内の九神社を連想させる。服属した翁に求婚する乙女たちは、隼人たちの信仰が朝廷の定めた神々に習合された事実の暗喩であろう。

それと同時に、九人の仙女たちは屈原作の「九歌」や「九章」をも連想させる。中国では、九は聖数であった。「九歌」は、楚の王室が行う祭祀の舞楽歌で、宮廷が祀った神々に捧げられている。「九章」は、屈原が長であった巫祝集団が都を追われ、各地を漂泊しながら、ついに崩壊に至るまでの衰落の過程を歌う。ワザオキとされる隼人たちは、楚の巫祝集団と類似する。九人の仙女は、「九歌」や「九章」との連想を背景に、朝廷の勝利と隼人の凋落を同時に連想させる。

この歌群の作者として、養老・神亀年間の漢籍に明るい知識人であった山上憶良と大伴旅人が考えられるが、旅人のほうが可能性が高いといえる。主な理由としては、歌に政治的観点が含まれることと、作歌時代の旅人の境遇が隼人のそれと似通うためである。幻想的世界の物語に託して、旅人は当時の社会の現実を映していると思われる。

註

（1）『新編日本古典文学全集9　萬葉集④』小島憲之他校注・訳、小学館、一九九六年、九二―九三頁。

（2）http://www.city.nerima.tokyo.jp/annai/rekishiwoshiru/rekishibunkazai/bunkazai/bunkazaishosai/b0204.html「練馬区公式ホームページ」。

（3）http://www.city.tsugaru.aomori.jp/kyouiku/culture/bunkazai.html「つがる市公式ホームページ」。http://www.city.hachinohe.aomori.jp/shiryo/guidebook/korekawa.html「はちのへ文化財ガイドブック」。

（4）http://www.pref.iwate.jp/~hp0910/korenaani/a/013.html「岩手県公式ホームページ」。

（5）http://bunka.nii.ac.jp/heritages/detail/137877「文化遺産オンライン」。

（6）井上辰雄『隼人と大和政権』学生社、昭和四九年、一九三―一九五頁。廣岡義隆「万葉の竹取翁歌について――その特性と

隼人的側面」『三重大学日本語学文学』八号、一九九七年、二五—三四頁。中村明蔵『隼人の古代史』平凡社新書、二〇〇一年、二三二—二三六頁。

(7) 廣岡、前掲論文、三二一—三三三頁。

(8) 小学館『新編日本古典文学全集2　日本書紀①』小島憲之他校注・訳、一九九四年、一八四—一八五頁。

(9) 中村『隼人の古代史』二四七頁。

(10) 廣岡、前掲論文、三三三頁。

(11) 『新編日本古典文学全集9　萬葉集④』九三—九七頁。

(12) 稲岡耕二「竹取翁歌の用字の年代——借訓仮名を中心に」『美夫君志』第七号、昭和三九年、九九—一一七頁。

訓読文は『新編日本古典文学全集9　萬葉集④』九二—九三頁による。アルファベット記号は筆者記入。

緑子之《みどりこの》　若子蚊《わきごか》(b)見庭《みには》　垂乳為《たらちし》　母所懐《ははにむだかえ》　褨襁《ひたむつきの》　平生蚊《はにふか》(b)見庭《みには》　結經《ゆふ》(c)方衣《かたぎぬ》　氷津裏丹縫服《ひつらにぬひき》　頚著之《うなつきの》　童子蚊《わらはか》(b)見庭《みには》　結幡《ゆふはた》
之《の》　袂著衣《そでつけごろも》　服我矣《きしわれを》　丹因《にほひよる》　子等何四千庭《こらがよちには》　三名之綿《みなのわた》　蚊《か》(b)黒為髪尾《ぐろしかみを》　信櫛持《まくしもち》　於是蚊《ここにか》(b)寸垂《きたれ》　取束《とりつかね》　擧而裳纒見《あげてもまきみ》　解乱《ときみだり》
童兒丹成見《わらはになしみ》　羅丹津蚊《きにつか》(b)經《ふ》(c)　色丹名著来《いろなつかしき》　紫之《むらさきの》　大綾之衣《おほあやのきぬ》　墨江之《すみのえの》　遠里小野之《とほさとおのの》　真榛持《まはりもち》　丹穂々為衣丹《にほほすきぬに》　狛錦《こまにしき》
紐丹縫著《ひもにぬひつけ》　刺部重部　波累服《なみかさねきて》　打十八為《うちやそし》　麻續兒等《をみのこら》　蟻衣之《ありきぬの》　寶之子等蚊《たからのこらが》(b)　打栲者《うつたへは》　經《へ》(c)而織布《ておるぬの》　日曝之《ひざらしの》　朝手作尾《あさてづくりを》
信巾裳成者之寸丹取為支屋所經　稲寸丁女蚊《いなきをとめが》(b)　妻問迹《つまどふと》(e)　我丹所来為《われにおこせし》　彼方之《をちかたの》　二綾裏沓《ふたあやしたぐつ》　飛鳥《とぶとりの》　飛鳥壮蚊《あすかをとこが》(b)　霖禁《ながめいみ》
縫為黒沓《ぬひしくろぐつ》　刺佩而《さしはきて》　庭立住《にはにたたずめ》　退莫立《まかりなたちと》　禁尾迹《いさめをと》(e)女蚊《めが》(b)　髣髴聞而《ほのききて》　我丹所来為《われにおこせし》　水縹《みはなだの》　絹帯尾《きぬのおびを》　引帯成《ひきおびなす》　韓帯丹取為《からおびにとらせ》
海神之《わたつみの》　殿盖丹《とののいらかに》　飛翔《とびかける》　為軽如来《すがるのごとき》　腰細丹《こしぼそに》　取餝氷《とりかざらひ》　真十鏡《まそかがみ》　取雙懸而《とりなめかけて》　己蚊《おのが》(b)杲《かほ》　還氷見乍《かへらひみつつ》　春避而《はるさりて》　野邊尾廻者《のへをめぐれば》
面白見《おもしろみ》　我矣思經《われをおもへ》(c)蚊《か》(b)　狭野津鳥《さのつとり》　来鳴翔經《きなきかけらふ》(c)　秋僻而《あきさりて》　山邊尾往者《やまへをゆけば》　名津蚊《なつか》(b)為迹《しと》(e)　我矣思經《われをおもへ》(c)蚊《か》(b)　天雲裳《あまくもも》　行田菜《ゆきたな》
(a)引《びく》　還立《かへりたち》　路尾所来者《みちをくれば》　打氷刺《うちひさす》　宮尾見名《みやをみな》　刺竹之《さすだけの》　舎人壮裳《とねりをとこも》　忍經《しのぶ》(c)等氷《らひ》　還等氷見乍《かえらひみつつ》　誰子其迹《たがこそと》(e)哉《や》　所思而在《おもはえてある》　如是
所為故為　古部《いにしへ》　狭々寸為我哉《ささきしわれや》　端寸八為《はしきやし》　今日八方子等丹《けふやもこらに》　五十狭邇迹《いさにと》(e)哉《や》　所思而在《おもはえてある》　如是所為故為　古部之《いにしへの》　賢人藻《さかしきひとも》
後之世之《のちのよの》　堅監将為迹《かがみにせむと》(e)　老人矣《おいひとを》　送為車《おくりしくるま》　持還来《もちかへりけり》　持還来《もちかへりけり》　(三七九一)

反歌二首

死者木苑《しなばこそ》　相不見在目《あひみずあらめ》　生而在者《いきてあらば》　白髪子等丹《しろかみこらに》　不生在目八方《おひざらめやも》　(三七九二)
白髪為《しろかみし》　子等母生名者《こらもおひなば》　如是《かくのごと》　将《む》㆓若異《わかけ》㆒(d)子等丹《こらに》　所詈金目八《のらえかねめや》　(三七九三)

(13) 奈良時代、五十音韻中の二一音は二通りに使い分けられていた。甲乙はその区別をあらわす。
(14) 養老律令の成立については、養老二年という通説に対して、養老六年初めとする説もある(野村忠夫『律令政治の諸様相』塙書房、一九六八年、三七—五一頁)。しかし、『続日本紀』天平宝字一二月条に「大宝二年に律令を編纂した功により」とあるのに従い、後年に改定が加えられたとしても、一応、中心部分はこの時点で成立したと考える。
(15) 白川静『中国古代の民俗』講談社学術文庫、一九八〇年、一〇九頁。
(16) 小島憲之『上代日本文学と中国文学　中』塙書房、昭和三九年、八九一—九五五頁。
(17) 同上書、九二八—九三〇頁。
(18) 白川『中国古代の民俗』一一一頁。
(19)『新編日本古典文学全集　萬葉集④』九七—九九頁。
(20) 同上書、九〇頁。
(21) 大隅・薩摩の神社については、中村明蔵『隼人の古代史』二二八—二三〇頁、および谷川健一編『日本の神々　神社と聖地1　九州』白水社、二〇〇〇年、四〇一—四五五頁。
(22) 中西進「竹取翁歌の論」、『万葉論集第二巻　万葉集の比較文学的研究(下)』講談社、三四五—三九八頁。
(23) 現代語訳宇治谷孟『続日本紀(上)』講談社学術文庫、一九九二年、三一一—三一三頁。
(24) 拙著『浦島伝説と古代日本人の信仰』知泉書館、二〇〇六年、五九—六〇頁。
(25) 中西「竹取翁歌の論」三八四頁。

二　日本琴《やまとごと》の贈物の意味合い

天平元年（七二九）、大伴旅人は藤原房前（六八一―七三七）に日本琴《やまとごと》を贈っている。『万葉集』巻五には、琴にそえて送った旅人の書状と、房前の返書が収められている（読み下し文を資料として章末に掲載）。「夢で、琴が娘子になって現れ、貴いお方の琴になることを願っている、と言ったので、公用の使いにことづけて、この琴を差し上げます」というのが旅人の手紙の大意である。『文選』「琴譜」や『遊仙窟』から構想や語句を借りていることは、ほぼ定説になっている(1)。先学による研究が尽くされているようであるが、それらから学ばせていただいた上で、旅人から房前への琴の贈物の意味合いをあらためて考えてみたい。

Ⅰ　古代の琴

旅人は房前に贈る琴を「日本琴」としているが、どのような琴であったのか。まず、古代の琴について、考古学的知見と当時の文献を参考に見てみる。

1　考古学的知見から知る琴

発掘によって出土した琴や埴輪、および正倉院の琴を対象に書かれた報告・論考・研究を、かいつまんで紹介する。

出土した琴は弥生時代後期・古墳時代のものであるが、層位や共伴の遺物から奈良時代と推定される一例もある。(2) いずれも正倉院琴に先行する。これらの古代の琴は「板作りの琴」と「槽作りの琴」に二分できる。「板作りの琴」は一枚の板材のみで成り立つ、きわめて簡易な形態をとる。「槽作りの琴」は、琴面は一枚の板材であるが、これに共鳴槽を組み合わせる複雑な構造をもつ。

正倉院に現存する七点の伝来の琴はすべて槽作りであって、板作りの琴はない。古代の琴と正倉院の琴との間には、この他にも大きな違いが見られる。発掘された古代の琴のほとんどは長さが四〇センチから六〇センチまでで、一メートルをこえるものは例外的である。それに対して、正倉院の琴はすべて一・三―一・六メートルの長さがある。琴板に加えられた豪華な装飾も、前代には見られなかったものである。

弦の数は、四弦、五弦、六弦のものがある。埴輪琴では四弦と五弦が見られるが、比率からすると五弦のほうが多い。正倉院の琴はすべて六弦である。(3) 七世紀から八世紀にいたるあいだに琴制の変化があったことを思わせる。聖武天皇の頃になると、朝鮮半島・中国から多種の楽器・芸能が伝来しており、その影響があったと考えられている。

弾琴人物埴輪(4)の年代は、五世紀末頃から六世紀末である。人物が伴う琴一六例のサイズは、人物の大きさから推測して四〇センチから六〇センチとされる。頭部欠損、あるいは太刀などの表現もなく、性別を判断できない例三点を除き、ほとんどの例は男性である。(5)

図1

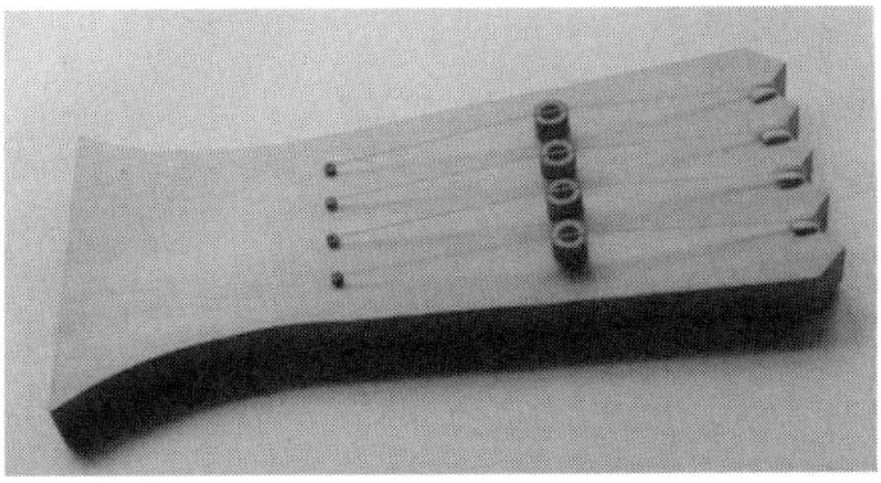

図2

埴輪の弾琴人物像（図1）(6)から、古代の琴がどのように用いられたかを知ることができる。椅子に腰をかけた姿で、膝の上に琴をのせている。撥のようなものを右手にもつ埴輪も出土しており、膝の上にのせて、素手か、もしくは撥でかき鳴らしたと考えられる。正倉院の琴は大型になっており、完全に膝にのせるのではなく、頭部を膝に少しのせて、ななめにして弾いたのかもしれない。

埴輪に表現されている琴を復元（図2）(7)して、実験した結果は、全長五〇センチ前後では小型過ぎて、複雑なメロディを演じるには不向きであったと報告されている。小型琴は音楽演奏をした楽器ではなく、音を鳴らす道具（音具）として製作されたと考えられる。考古学でいわれているように、古墳から出土する人物埴輪が死んだ王の葬送儀礼と新王の即位式の様子を表現しているとすれば(8)、琴は亡き王の葬儀、あるいは新王の即位儀礼に使われたことになる。琴は音具として儀礼的に使われたもので、その音楽はメロディックなものではなく、単なる音の連続であった可能性が強い。

考古学的知見からは、古墳時代、琴は一族の長の葬儀、あるいは新しい族長の即位儀礼に使われたと考えられた。古代、政《まつりごと》と祭りごととは密着していた。琴はその折の祭具であった。言い換えるなら、琴の所有は、神の宣託を受け得ること、ひいては宗教的支配能力をもつことを意味したであろう(9)。

2　文献に見る琴

文献としては、朝廷によって政治的意図をもって編まれたであろう『古事記』（七一二年成立）および『日本書紀』（七二〇年成立）と、政権側の意図を含まないと考えられる『万葉集』を取上げる。

『古事記』『日本書紀』

『古事記』『日本書紀』には、琴が神託を受けるときに使われた用具として記される二例がある。

『古事記』によれば、仲哀天皇が熊曾《くまそ》国を討とうとして、天皇が琴を弾き、建内宿禰大臣《たけうちのすくねのおおきみ》が神のお告げを請い求めた。すると、皇后・息長帯日売命《おきながたらしひめのみこと》の依《よ》せた神が、「西方の国（＝朝鮮半島）を征服せよ」と告げる。お告げを信じなかった天皇が崩じるので、ふたたび神依せをしたところ、「その国は、皇后の胎内におられる御子の治められる国である」と告げられる。建内宿禰がその神の名をたずねると、「底箇男《そこつつのお》・中箇男《なかつつのお》・上箇男《うわつつのお》である」との答がある。この三柱の神名のあとには割注で「このときに、この三柱の大神のみ名が初めて顕れた」と記されている。

『日本書紀』では、仲哀天皇が熊襲《くまそ》を討とうとしたとき、皇后に乗りうつった神が「熊襲ではなく、新羅を討て」と告げる。天皇がそれを疑うと、「その国は、今、皇后の胎に宿った御子が得られるであろう」と告げられる。程なくして天皇が崩御するので、神功皇后が神主となり、武内宿禰に琴を弾かせ、中臣烏賊津使主《なかとみのいかつおみ》を審神者《さにわ》として、神託を請い、仲哀天皇にお告げをした神の名をたずねる。このときに顕れた神々のなかに、表筒男《うわつつのお》・中筒男《なかつつのお》・底筒男《そこつつのお》が含まれている。

以上の二例は、神が琴に依りつくと考えられていたことを証する。とくに『古事記』の場合、大王の死と跡継ぎの王の指名に琴が関係している。[10] そのような神事が神功皇后の時代とされるときまで遡るのか否かは定かでないが、少なくとも『記』『紀』が記された時代に知られていたのは確かである。

『古事記』には、大国主命が須世理毘売《すせりひめ》を奪って逃げる時、ヒメの父親・須佐之男命《すさのおのみこと》の太刀と弓矢と天の沼琴《ぬこと》を持ち出した話がある。『記』は、スサノオが出雲国に宮を作ったとしており、この説話によれば、この国の支配者である。太刀と弓矢と天の沼琴は、その支配権の象徴とされていると考えられる。

そのほか『記』には、雄略天皇の吉野への行幸に関する説話中、琴が出てくる。「(天皇が)大御呉床《おおみあぐら》を立てて、その御呉床《みあぐら》に坐《いま》して、み琴を弾きて、その嬢子《をとめ》に舞をせしめ」とある。アグラは、台座の付いた高い座席のことで、高貴の者の座席を意味する。埴輪弾琴人物像にも見られたように、腰掛けた状態で膝の上に琴をおいて演奏する奏法である。

その折の天皇の歌に、

呉床居《あぐらい》の　神の御手もち　弾く琴に　舞する女《をみな》　常世《とこよ》にもがも

とある。琴の音を聞いて舞う娘の舞を愛でる歌である。「神の御手」とあるが、雄略記の物語歌としては「神」は天皇を指す。しかし、『記』では天皇を神と呼ぶことはない。歌は独立した神事歌謡であったと思われる。「神」は、文字どおり神を意味した。神の意を受けて男性が琴を弾き、女性が神憑きの状態で舞う神事が存在したことを示す歌である。

『紀』では、武烈即位前紀に、

琴頭《ことがみ》に　来居《きゐ》る影媛《かげひめ》　玉ならば　我が欲《ほ》る玉の　鰒白玉《あはびしらたま》

とある。皇太子時代の武烈が歌垣《うたがき》で影媛に贈った歌とされる。影媛の「影」は、霊《たま》の意味を含む[11]。「玉ならば」の「玉」は、霊《たま》と相通じる。「私のほしいのは真珠のような影媛のタマシイ（＝心）だ」というのが、大意であろう。「琴を奏でると、その頭部に霊が（影《かげ》となって）寄り来る」という信仰を背景にしている。このような信仰も、『記』『紀』が編まれた時代には存在したと考えることができる。

以上の例以外に、『古事記』では、仁徳天皇が日女島に行ったおりに、雁が卵を産んだ。それを瑞祥として寿いだ建内宿禰に琴を与えた、という記事がある。同じく仁徳時代の説話で、枯野《からの》という船の焼け残りの木から琴を作ったところ、その音が七里に響いたのを瑞祥とする歌などに、琴が登場する。

『日本書紀』は応神三一年八月条に、枯野の船の説話を記す。琴を作らせたのは天皇とし、『古事記』と同じ歌を天皇が詠んだものとして引用する。充恭七年一二月条には、新室《にいむろ》（＝新しい宮殿）の宴において、天皇が琴を弾き、皇后が舞をしたとある。雄略一二年一〇月条には、初めて楼閣を造らせたとき、天皇が木公《こだくみ》を処刑するのをとどめるために、伺候していた秦酒公《はだのさけのきみ》が琴を弾いて天皇をいさめた、とある。顕宗即位前紀には、屯倉首《みやけのおびと》（12）の家の新築祝いの場で琴が弾かれている。孝徳大化五年三月条では、蘇我造媛《そがのみやつこひめ》の死に際して歌い手に琴が授けられている。

上記の例から見ると、琴はなんらかを祝う、寿ぐ、もしくは死を悼む場で用いられている。歌や舞を伴っている場合が多いが、ただの遊興の場で用いられたのではない。

『古事記』『日本書紀』に記されている弾琴者または琴所有者は、天皇をはじめその側近が多い。両書は天皇家を中心に編集された文献であるから、天皇に直接関係のないところでの弾奏は記されていないと考えられる。『古事記』『日本書紀』の記事から、琴が身分の高い男性たちの独占物だったと断定はできないだろう。しかし、常識的に考えても琴は高価であったに違いなく、いにしえにおいて、庶民が所有し、音楽を楽しむ道具であったとは考えられない。富裕層の所有物であったとすると、豊かであったのは族長などの支配階級であろう。男性が琴を弾き、女性が神依せをする神事が、政治の一環として存在したことが考えられる。

『万葉集』

『万葉集』中、序・題詞・歌に「琴」の語を含むものを、当該歌を除き、順に取上げる。

歌一一二九の題詞

題詞に「倭琴を詠む」（詠二倭琴一）とある。

琴取れば　嘆き先立つ　けだしくも　琴の下樋《したび》に　妻や隠れる

「もしかして琴の空洞部分に妻の霊が隠れているのではないか」という、死んだ妻を想う夫の歌である。作者未詳の歌で、作歌年代もわからない。「琴取れば 嘆き先立つ」とあるのは、琴が追悼に用いられるのが通常であったためか。「琴の下樋」とは、槽作りの琴の表板と裏板との間の空洞になっている部分をいう。琴の音に女性の霊が呼び寄せられるという心情は、古来のものである。

歌一三二八の題詞

題詞に「日本《やまと》琴に寄す」（寄二日本琴一）とある。

膝に伏す　玉の小琴《をごと》の　事《こと》なくは　いたくここだく　我《あれ》恋ひめやも

「問題がなかったなら、これほどに恋しく想うだろうか」と、女性をしたう歌である。作者不詳で、作歌年代もわからない。琴が女性に見立てられている。「膝に伏す」とあって、日本琴が膝に乗せるほどの小型であったことを示す。

歌一五九四の左注

作者不明の歌「しぐれの雨　間なくな降りそ　紅《くれない》に　にほへる山の　散らまく惜《を》しも」には、「仏前の唱歌一首」という題詞が付けられている。左注に、次のようにある。

右は、冬の十月、皇后宮での維摩講《ゆいまこう》で、終日大唐《もろこし》や高麗《こうらい》などの種々の音楽を（演奏して）供養し、その時この歌を唱った。琴の弾き手は市原王《いちはらのおおきみ》と忍坂王《おさかのおおきみ》後に姓大原真人《おおはらのまひと》赤麻呂《あかまろ》を賜る、歌い手は田口朝臣家守《たぐちのあそみやかもり》・河辺《かわべの》朝臣東人《あずまと》・置始連《おきそめのむらじ》長谷《はつせ》ら十数人であった。

維摩講《ゆいまこう》とは維摩経[13]を講ずる法会である。藤原鎌足の孫に当たる光明皇后が、天平一一年（七三九）一〇月に皇后宮で行ったものである。公的な催しであったと推測される。

その時の音楽は唐や高麗のものであったとされる。法会の場で用いられた琴そのものも、異国から伝来のものであっただろう。祭事のおりに音具として使用された日本琴と違って、メロディを奏でるために用いられたと考えられる。琴の弾き手は男性で、琴と女性との関連は見られない。

歌三八一七、三八一八の左注

「琴」という語は、歌三八一八の左注に出てくる。「右歌二首、河村王《かわむらのおほきみ》、宴居の時に、琴を弾きて即ち先づこの歌を誦《よ》み、以《もち》て常の行《わざ》と為《な》す」とある。二首の歌とは、以下のようである。

唐臼《からうす》は　田蘆《たぶせ》の本《もと》に　我《わ》が背子《せこ》は　にふぶに笑《え》みて　立ちませり見ゆ
朝霞《あさがすみ》　鹿火屋《かひや》が下の　鳴くかはづ　偲《しの》ひつつありと　告げむ児《こ》もがも

一首目は、どっしりと立っている男性を見て、二首目は、慕ってくれる娘を求めて歌う内容である。歌い手の川村王は「王」とあるから、皇族である。それ以上の詳しいことはわからない。歌う場は、「宴居之時」（＝家でくつろいでいる時）とされている。日常の「宴居」の際に琴を弾きながら歌を歌うことがあったようすである。「常の行《わざ》と為《な》す」とあるから、その歌は即興的な歌ではないだろう。「誦み」とあることからも、「朗詠」に近いものであったと思われる。その伴奏に琴が弾かれている。祭事でないことは確かで、遊興に琴が用いられていることがわかる。

歌三八一九、三八二〇の左注

歌は次の二首である。

夕立の　雨うち降れば　春日野の　尾花が末《うれ》の　白露《しらつゆ》思ほゆ
夕づく日　さすや川辺に　作る屋《や》の　形《かた》をよろしみ　うべ寄《よ》そりけり

左注に、「右歌二首、小鯛王《こだいのおほきみ》、宴居の日に琴をとれば、その時必ず先ずこの歌を吟詠す。小鯛王はまたの名を置始多久美《おきそめのたくみ》といふ、この人なり」とある。川村王と同様に、小鯛王が皇族で、またの名が置始多久美であったことはわかるが、それ以上は不明で、年代も未詳である。「宴居の日に琴をとれば、その時必ず先づ」とあることから、日常のくつろいでいる時に琴を弾き、歌を歌うことがあったと知れる。「吟詠」されたその歌は、即興的なものでなかっただろう。

歌三八四九、三八五〇の左注

「世間《よのなか》の中の無常を厭《いと》ふ歌二首」と題詞をもつ二首である。

生死《いきしに》の　二つの海を　厭《いと》はしみ　潮干《しほひ》の山を　偲《しの》ひつるかも

世間《よのなか》の　繁き刈廬《かりほ》に　住み住みて　至らむ国の　たづき知らずも

左注には、「右の歌二首、河原寺の佛堂の裏に、倭琴《やまとごと》の面《おもて》に在り」とある。この世の苦しさを嘆き、浄土を想う歌である。倭琴の面に書かれていたとあるが、琴は一枚板であったのか、それとも二枚板からなるものか、わからない。歌二首を書き入れるには琴の面にある程度の広さが必要であろうから、膝におくような小型の琴ではなかったかも知れない。寺の仏堂の裏にあるとされているから、琴が仏教の祭具として使用されることもあったのであろう。この世の苦しさを嘆き、浄土をしたう歌二首の内容から、琴が使用されたのは死者を追悼する法会に於いてではなかったかと思われる。

歌三八七五

琴酒《ことさけ》を　押垂小野《おしたれをの》ゆ　出づる水　ぬるくは出でず　寒水《さむみず》の　心もけやに　思ほゆる　音の少なき　道に逢はぬかも　少なきよ　道に逢はさば　色げせる　菅笠小笠《すげがさをがさ》　我《わ》がうながげる　玉の七つ緒　取り替へも　申さ

むものを　少なき道に　逢はぬかも

巻十六の目録に「無名の歌六首」と分類されるうちの一首である。恋しい男と人目の少ない道で逢い、男の笠を自分の高価な七つの玉の緒と換えてもらいたい、という女性の歌か。「琴酒を」が「押垂小野」に枕詞のようにかかっているが、かかり方はわからない。ただ、琴酒という語から、琴の弾かれる場で酒が飲まれたことが推測される。酒が飲まれたのは、いにしえでは直会《なおらい》のような神事においてであっただろう。そのような場で、琴が弾かれたのであろう。時代を下るにつれ、酒は神事と関係なく遊興の宴で飲まれ、琴が弾かれたと思われる。

この箇所以外で「琴酒」の語が『万葉集』で用いられているのは、巻十三歌三三四六においてである。挽歌とされる歌で、歌中の「琴酒《ことさけ》ば国に放《さ》けなむ」は、「妻を引き離すのであれば、故郷であってほしかった」を意味している。「コトサケ」は、同じ歌中で別離を意味して二度用いられており、表記には「琴酒」と「別避《ことさけ》」が使われている。「琴酒」は音の借用であるが、それを表記するには連想を呼ぶ字が使われたことが考えられる。歌三八七五の理解にはつながらないが、琴が死や女性とつながりをもつことを示す歌である。

歌三八八六

「乞食者《ほかひびと》が詠う二首」と題される歌の一つである。

おしてるや　難波《なには》の小江《をえ》に　廬作《いほ》り　隠《なま》りて居る　葦蟹《あしがに》を　大君召すと　何せむに　我《わ》を召すらめや　明《あきら》けく　我《わ》が知ることを　歌人《うたびと》と　我を召すらめや　笛吹きと　我を召すらめや　琴弾きと　我を召すらめや　かもかくも　命《みこと》受けむと　今日今日《けふ》と　飛鳥に至り　立つとも　置勿《おくな》に至り　つかねども　都久野《つくの》に至

り　東《ひむがし》の　中の御門《みかど》ゆ　参《まゐ》り来て　命《みこと》受くれば　馬にこそ　ふもだしかくもの　牛にこそ　鼻縄《はななわ》著《は》くれ　あしひきの　この片山の　もむ楡《にれ》を　五百枝《いほえ》剥《は》ぎ垂れ　天照《あまて》るや　日の異《け》に干《ほ》し　さひづるや　韓臼《からうす》に搗《つ》き　庭に立つ　手臼《てうす》に搗き　おしてるや　難波《なには》の小江《をえ》の　初垂《はつたれ》を　辛《から》く垂《た》れ来て　陶人《すゑひと》の作れる瓶《かめ》を　今日行きて　明日取り持ち来　我《あ》が目らに　塩塗りたまひ　腊《きたひ》はやすも　腊はやすも

歌の大意は、「大君に召され、歌い手として呼ばれるのだろうか、笛吹きとして呼ばれるのだろうか、琴弾きとして呼ばれるのだろうかと思いながら、飛鳥から置勿・都久野（地名であろうが、所在不詳）に着き、宮殿の中に入り仰せを聞くと、瓶に入れられて塩漬けにされた」である。左注に「蟹のために痛みを述べて作る」とあり、蟹の嘆きとして述べられている。

この歌を詠ったのは「乞食者《ほかひびと》」とされている。古語辞典によると、ホキはよい結果があるように祝い言を言うことを意味する。ホカヒは、ホキの反復・継続を意味する。ホカヒは、本来は、神の祝福を祈願する神事であっただろう。上記の歌から、その神事で歌や笛や琴が用いられたことが知られる。また、ホカヒのための専門の歌人・笛吹き・琴弾きが存在したことも推測できる。ホカヒビトとは、もとはそのような人々を指したのではなかろうか。

漢字「乞食者」は、食べ物や施しを乞う人を意味する。蟹の扮装をし、蟹の所作をして、施しを受けていた芸能集団があったのであろうか。ホカヒビトに「乞食者」の字が当てられるようになった背景には、彼等の身分の転落が考えられる。

中央集権が進み神事が神祇官のもとにおかれる以前は、連立する豪族は各々が祭り事と政《まつりごと》を行ったと考えら

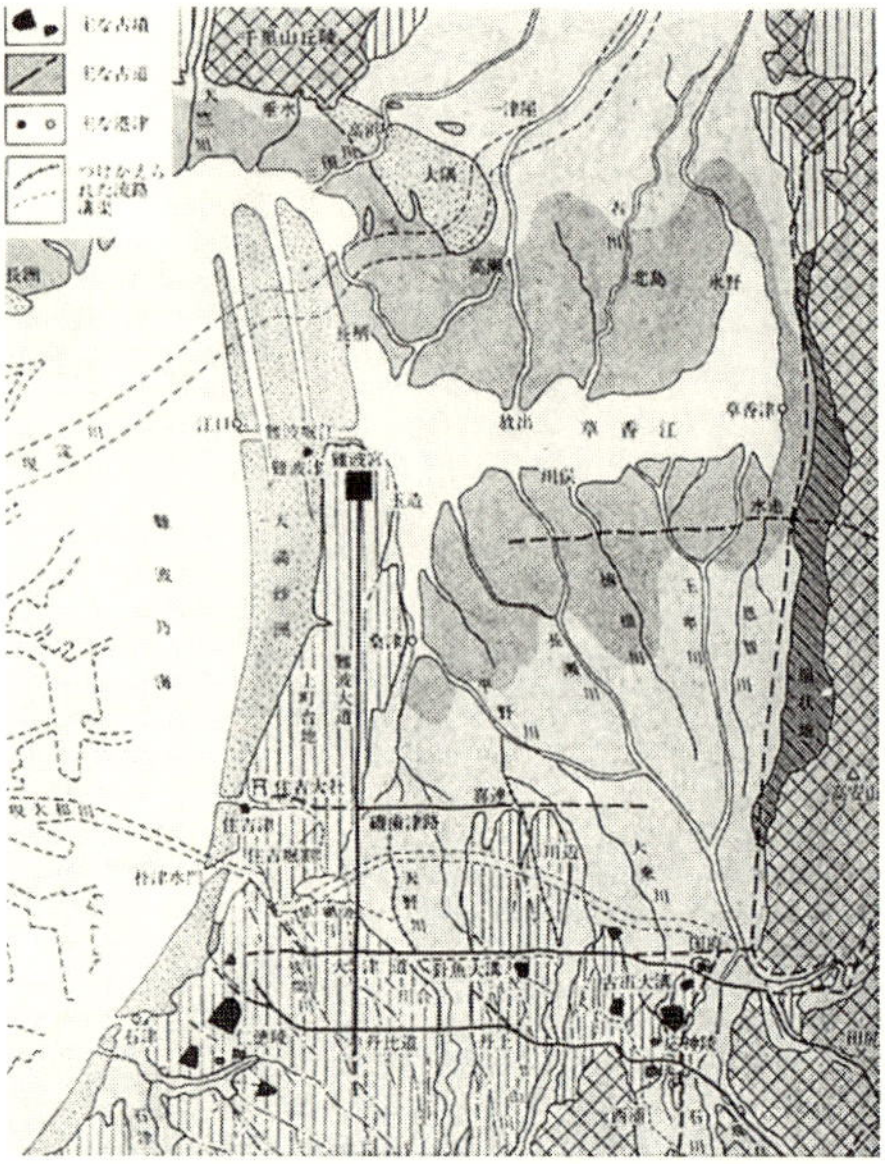

れる。神事の場で祝福を祈願した人々は一般の参列者ではなく、神事を司らないまでも、それを執り行う側の存在であっただろう。各豪族がその祖神を祀っていた時代、歌人・笛吹き・琴弾きらは首長でなかったとしても、側近であったのではないか。

そのような人たちが大君に召されて宮殿の中にはいると食べ物にされたという嘆きの歌が、なぜホカヒ（＝祝福の言葉）でもありえるようになったのだろうか。それは彼等を召した権力者への服属を示すからであろう。負けた側の従属の歌は、権力者側にとって勝利を見せつけることができるゆえに、ホカヒであったのだろう。

歌中、ホカヒの蟹は難波の小江に住んでいたとある。「難波の小江」は、古代、現・大阪市の上町《うえまち》台地の東側に広がっていた入り江を指す。(14)

歌三九六五の序

天平一九年（七四七）二月に、大伴家持が大伴池主に贈った歌二首の序に、「方今《いまし》、春朝に春花は、馥《にほ》ひを春苑《しゅんえん》に流し、春暮に春鶯は、声を春林に囀《さひづ》る。この節候《せつこう》に対《むか》ひ、琴罇翫《きんそんもてあそ》ぶべし。興に乗る感あれども、杖を策《つ》く労に耐《あ》へず。」と記している。「罇《そん》」は素焼きの樽のことで、「琴罇翫《もてあそ》ぶ」とは音楽と酒を楽しむことを意味する。病気になった家持が、春の美しい時期に、琴罇を楽しみたくとも、杖をつく体力がない、と嘆いている。

ここでは、琴は遊興の道具とされている。

歌三九六七の序

家持が贈った歌に対して、天平一九年三月二日、大伴池主は歌二首を返している。一首目の序に、「琴罇用《もち》ゐるところなく、空《むな》しく令節を過ぐして、物色《ぶっしょく》人を軽《いるかせ》にせむとは。怨《うら》む所ここにあり」とある。家持の歌の序と同じく、琴は遊興の道具とされている。

歌三九七三の序

大伴池主が大伴家持に贈った歌三九七三には、天平一九年三月四日付の序と漢詩が付されている。序中、「ここに、手を携《たづさ》へ、江河《かうが》の畔《ほとり》を曠《はるか》に望み、酒を訪《とぶら》ひ野客《やかく》の家に迥《とほ》く過《よき》る。既にして、琴罇性を得、蘭契《らんけい》光を和《やはら》げたり。」とある。「琴罇性を得」とは、音楽も酒も満ち足りていることを意味する。琴罇という語がここにも用いられており、琴は遊興の道具である。

歌四一三五

歌四一三五は、大伴家持作である。

我《わ》が背子《せこ》が　琴《こと》取るなへに　常人《つねひと》の　言ふ嘆きしも　いやしき増すも

日付はない。巻十八中、この歌は家持の天平勝宝元年（七四九）一二月作の歌と天平勝宝二年正月二日作の歌の間に置かれている。左注から、少目《しょうかん》秦《はたの》伊《い》美《み》吉《き》石竹《いわたけ》の館の宴で作ったものとわかる。

常人《つねひと》は世間一般の人を意味する。「あなたが琴を手にとられると、世の人が言う嘆きがますます増してくる」

が歌の大意である。宴の場で琴が弾かれているが、その琴は長身でメロディを奏でるものであったと考えられる。この歌から判明するのは、貴人にとって琴が遊興の道具になっていた時代になっても、庶民にとって琴は嘆きを呼びさます楽器であったことである。それは琴がもとは弔いに用いられたからであろうか。家持作で琴を取上げる唯一の歌中で、家持は庶民の想いを共有している。しかし、家持にとって琴の音がなぜ嘆きを増すのか、この歌からはわからない。

『万葉集』を通じて、「日本琴」は、旅人の書状中、歌一三二八の題詞、「倭琴」は歌一一二九の題詞、歌三八四九・三八五〇の左注に用いられている。「日本琴」「倭琴」と、わざわざ断りがあるのは、それ以外の琴が存在したためであろう。それも、「日本琴」「倭琴」が主流ではなくなっているためと思われる。題詞や左注は、『万葉集』の編纂者が付けたものである。題詞・左注以外で、本文中に用いられている「日本琴」は、旅人の書状中のみである。旅人が書状をしたためた頃、「日本琴」はすでに主流ではなかったと考えられる。

日本琴・倭琴とされない「琴」は、法要（歌一五九四）、宴居の時（歌三八一七・三八一八、三八一九・三八二〇）、乞食者の歌（三八八六）、および家持の嘆きの歌（四一五九）において、楽器として用いられている。

Ⅱ　藤原房前への贈物

房前と琴

房前にとって、琴は何であったのだろうか。

『懐風藻[15]』に収められる房前作の漢詩の一つに、長屋王宅で新羅の客をもてなす宴のおりに詠んだものがある。「琴樽《きんそん》膝《ひざ》を促《しじ》むること難《かた》し[16]」という一句が含まれている。酒樽を開く宴で弾かれた琴は遊興用の琴であって、小型の日本琴ではない。小型の日本琴が音楽の演奏に向かないことは、古代の琴について先に述べたとおりである。

『懐風藻』には中臣大島（?―六九三）の漢詩も収められている。「宴飲《えんいん》山齋に遊び[17]」という句で始まる。「山齋」は山荘の意で、そこで酒宴を開いて遊び楽しんだことを詠んでいる。六句目に「風涼しくして琴ますます微《かそ》けし[18]」とある。琴の音が冴えて微妙であるのを称えている。ここで用いられているのは、遊興用の音域の広い琴であろう。

『日本書紀』に中臣大島は藤原大島とも記される。大島の父は許米で、許米《こめ》の従兄弟が藤原鎌足である。大島は持統天皇即位（六九〇）に際して神祇伯として天神寿詞を読んでいる。『懐風藻』の漢詩から見ると、朝廷の神事を司る神祇官の長である大島にとって、琴は遊興の道具であり、神事とは関係なさそうである。

持統天皇が譲位し、六九七年に文武が一五歳で天皇に即位する。文武二年（六九八）八月、「藤原朝臣賜るところの姓、よろしくその子不比等をしてこれを受けしむべし。ただし意美麻呂《おみまろ》らは神事に供するよって、よろしく旧姓に復すべし」という詔が出された。意美麻呂は鎌足の養子で、法律上、不比等の兄に当る。この詔によって、藤原一族が国政に参与し、中臣一族が神事権を握った。

文武天皇の第一皇子首《おびと》は、神亀元年（七二四）、聖武として即位する。天平元年（七二九）、聖武は夫人《ぶにん》であった藤原不比等の娘・光明子を皇后に立てた。皇族以外から立后された最初の例である。歌一五九四の左注で見たように、天平一一年（七三九）一〇月に皇后宮で開かれた法会の音楽は、唐や高麗のものであった。使用された琴も、異国から伝来のものと考えられた。天平感宝元年（七四九）、聖武は譲位し、天平勝宝八年（七五六）に崩じる。聖武の死後、光明皇后は天皇の愛蔵品を東大寺に献納をしている。正倉院は四回にわたる皇后の献納品を収める。先に述べたように、そのなかには四弦、もしくは五弦の琴はない。

これらから見て、聖武朝に琴制の変化があったことが推定できる。公式の行事・遊興・神事において、聖武朝になってからは、長身の六弦琴が用いられたのであろう。音域も広く、楽曲を奏でることができる。天皇家も、その祭事を執り行った藤原・中臣一族も、四弦もしくは五弦の琴を使用しなかったと考えられる。

旅人と琴

旅人が琴にそえて房前にあてた書状には、「日本琴一面《やまとごといちめん》」とある。日付は天平元年（七二九）一〇月七日である。届ける琴が外来のものでないことを明確にしている。

書状には「此の琴、夢に娘子《をとめ》に化《な》りて曰《いは》く」とあって、琴が女性になって夢に現れたという。古来からの心象である、琴と女性の結びつきを見せる。「小琴に為《つく》られぬ」「質麁《あら》く音少き」とあるのは謙譲の言葉ではなく、文字通り小型の琴で、メロディを奏でるためではなく、神事に用いられる音具であったのだろう。歌八一〇に「人

の膝の上《へ》　我《わ》が枕かむ」とある。「枕かむ」は、枕とする意である。埴輪弾琴像に見られたような、膝の上におかれる種類の琴であったとわかる。弦の数は四本か五本であったと思われる。

旅人は書状に、娘子が「君子の左琴《さきん》とあらむことを希《ねが》ふ」と言うので、と記している。現在の持ち主である自分を君子とはせず、君子であるあなたに差し上げたい、とへりくだった文面である。

房前の返信に「我が背子が　手馴《たな》れの御琴《みこと》」とあり、旅人は自分の使い慣れていた琴を贈ったとわかる。音具と思われる日本琴を使い慣れていた。大伴氏の長として旅人は一族の祭祀を司ったに違いなく、神事の用具として日本琴を用いたのであろう。

神事の用具に日本琴を用いた大伴氏は、琴に依り来る神を信じたと思われる。『古事記』『日本書紀』の記事は、このような推測をうながす。

先に述べたように、仲哀記には、神功皇后が神依《よ》せをし、天皇が琴を弾き、建内宿禰がその神の名をたずねると、「底箇男《そこつつのお》・中箇男《なかつつのお》・上箇男《うわつつのお》である」との答がある。この三柱の神名のあとには割注で「このときに、この三柱の大神のみ名が初めて顕れた」と記されている。三柱のツツノオを、『古事記』上巻は「墨江《すみのえ》の三前の大神」と名づけている。

『日本書紀』の記事もこれに似ていて、神功皇后が神主となり、武内宿禰に琴を弾かせ、中臣烏賊津使主《なかとみのいかつおみ》を審神者《さにわ》として、神託を請うた。そのとき顕れた神々として、表筒男《うわつつのお》・中筒男《なかつつのお》・底筒男《そこつつのお》が含まれている。その三柱のツツノオを「住吉大神《すみのえのおおみかみ》」と呼ぶ（神代紀上第五段一書第六）。

『古事記』『日本書紀』は、スミノエの神が琴に依り来る神であることを認めている。スミノエの神について、大伴家持作の万葉歌四四〇八に「須美乃延《すみのえ》の我が皇神《すめかみ》」とある。天平勝宝七年（七五五）に詠まれた歌である。

「皇神」は、一地域を領する最高位の神を意味して使われているであろう。家持にとって最高神は、スミノエの神である。大伴一族は、スミノエの神を奉じたと考えられる。

『古事記』『日本書紀』は、ツツノオをスミノエ神とする。しかし、ツツノオは『記』『紀』以前の伝承をもたない。『記』『紀』の成立以前から存在した大伴氏には、一族が祀る神があったに違いない。それはツツノオではなかったことになる。朝廷の神祇政策と大伴氏の奉祭との間に、軋轢があった可能性が考えられる。

房前への琴の贈物

朝廷が『古事記』『日本書紀』を成立させたのは、祭り事においても政《まつりごと》においても、中央集権を推し進めるためであっただろう。朝廷が定める以外の神を大伴氏が奉じることを禁じる文書ともいえる。このような状況において、旅人は書状を添えて日本琴を房前に届けている。房前にとっては、用の無い楽器である。それはただの琴の贈物ではない。奉祭する神を祀る権威を放棄することを意味したのではないか。朝廷に対して服属を表明する行為である。

房前は不比等（六五九—七二〇）の次男であったが、その昇進は兄・武智麻呂（六八〇—七三七）に先んじた。養老元年（七一七）一〇月には、参議に任じられる。養老五年（七二一）一〇月、元正天皇は房前を内臣に任じている。神亀元年（七二四）二月に聖武が即位すると、神亀六年（七二九）三月、武智麻呂は大納言に任じられるが、房前は参議に留まった。天平六年（七三四）正月、武智麻呂は右大臣にのぼり、房前は参議の地位に留めおかれる。聖武朝に重用されたのは武智麻呂で、房前ではなかった。

神亀五年（七二八）に中衛府が新設され、房前はその大将となっている。天皇の警護にあたった令外の官である。旅人の「中衛高明閣下」宛となっている書状は、天平元年（七二九）一〇月七日付である。旅人は和琴を手放すことによって房前の好意を願っていると考えられるが、それは何であったのだろうか。

旅人の書状には、公用の使いにつけて琴を届けるとある。神亀四年（七二七）一〇月頃、六二歳であった旅人は大宰帥として赴任していた。私用ではなく、旅人が大宰帥として京に届けるものがあった。それは何だったのか。

『続日本紀』天平二年（七三〇）三月七日条は、大宰府から次のような言上があったことを記す。

> 大隅と薩摩の両国の人民は、国を建てて以来、いまだかつて班田を受けたことがありません。彼らの所有する田地は、すべて耕地を開いた墾田で、先祖からうけついで耕作しており、田地を移動して耕作することを願っておりません。もし班田収受を行えば、おそらくはさわがしい訴えが多くでるでしょう。そこで旧制のままで移動させせず、それぞれ耕作させたいと思います。

この言上は、いつ提出されたものであろうか。

大隅・薩摩両国は、一部を除くと平地が少なく、地質も田地に不適切であった。農耕を主な生業とする地域ではなかったと推測される(19)。それでも朝廷は猶予することなく、戸籍作成を急がせ、造籍の上、大宰府を通じて班田制の施行を図ろうとしていた。大和朝廷にたやすく服従しない南九州のこの地は、クマソ（熊曾・熊襲）とも呼ばれた。大隅国の贈於《そお》郡と、贈於の北に連なる肥後国南部の球磨《くま》郡一帯を指す他称である(20)。

『続日本紀』養老四年（七二〇）二月条には、隼人が反乱を起して大隅国守陽侯史《やこのふひと》麻呂を殺したと大宰府からいる。

奏言があった、とある。反乱を起こした隼人とは、大隅国の人々であろう。クマソの人々が、隼人とも呼ばれて

同年六月、旅人は征隼人持節大将軍として二人の副将軍とともに南九州に派遣された。当時の大隅国の人口は二万三千人程度と推定されているが、朝廷軍は最低一万人を超える規模であった[21]。同年八月、旅人は京に呼び戻されるが、副将軍以下は留まり、戦闘を続けている。養老五年（七二一）七月七日、副将軍以下が帰還する。斬首した者や捕虜は合わせて千四百人余りであった。

養老七年（七二三）四月八日にも大宰府は言上しており、日向・大隅・薩摩の士卒は隼人の征伐のため、軍役に引き出され、飢饉や疫病が起こっているので、三年間の租税の免除を願い出ている。

神亀六年（七二九）三月二三日、全国の口分田をいったんすべて収口し、あらためて班給するという太政官の奏上が許可されている。同年八月、神亀は天平に改元になる。天平元年は、六年に一度の班田が行われる年に当たっていた。

大隅・薩摩両国の班田を強行しようとすれば、決死の抵抗を招くことになり、戦いは避けられない。戦闘は、大隅・薩摩側ばかりでなく、朝廷軍にも犠牲者を出す。天平二年三月条の大宰府からの言上は、大隅・薩摩との争いを避けることが目的であったと思われる。六五歳になっていた旅人には一〇年前のように軍を率いる体力もなかったであろうが、非人道的で無意味な戦闘を回避することが、何よりの意図であったのではないか。

班田の事務は、一〇月一日から翌年二月末までと期限が定められていた。班田に先立って諸国の国司が校田を行って、新たに支給する人とそのための田地を確定する必要があった。校田の結果は校田帳に載せられて、それぞれの国の国司から太政官に提出された。養老令は、班年の一〇月一日に校田帳の作成を始め、一一月一日から

二月三〇日までの間に班田を給授することを規定している[22]。

班田収受のためには、班年の一〇月一日に校田帳の作成を始めねばならない。大隅・薩摩両国の班田収受を避けるためには、太政官にその旨、言上する必要がある。それを一〇月中にする必要があったと考えられる。

大宰帥・旅人がおおやけの使いに届けさせたものとは、太政官宛の上記の言上であろう。班田の給授は二月三〇日までという規定であるから、『続日本紀』天平二年三月七日条に大宰府から言上があったという記事は、それを認めたという意味であろう。

大宰府からの言上について配慮を願うため、旅人は祭祀権の明らかな放棄の表明として、琴を贈ったと私は考える。しかし、なぜ房前に送ったのであろうか。

天平元年（七二九）一〇月には、議政官は左右大臣なしで[23]、次のような構成であった。

大納言　多治比池守（?―七三〇）
　　　　藤原武智麻呂
中納言　大伴旅人
少納言　阿倍広庭（六五九―七三二）
　　　　巨勢宿奈麻呂《こせすくなまろ》（?―?）
参議　　藤原房前

房前は養老元年（七一七）一〇月に参議に任じられている。旅人が中納言に任じられたのは、養老二年（七一八年）三月である。議政官として一〇年来の繋がりもある。房前は参議で、旅人は中納言であるから、地位としては旅人のほうが上位にある。神亀六年（七二九）三月に大納言に着任したばかりの武智麻呂ではなく、房前に頼るほうが易しかったのではなかろうか。

房前の返信

天平元年九月二八日、房前は中務卿に任命されていた。中務省は太政官の下に属する八省の一つであるが、そのうち一段格が高いとされる。中務省の職掌が諸国戸籍・租調帳を含んでいたことが、職員令義解から知られる(24)。租調の実物は地方諸国と大蔵省が扱うが、帳簿の管理と、その内容の数字上の把握は中務省の職掌であった。中務卿は、その長官である。一〇月七日に旅人が書状をしたためた時点で房前の任命を知っていた可能性は低いと考えられるが(25)、房前が受取ったときには、大宰府からの班田についての言上を扱うについては適任の地位にあった。

旅人の書状は、房前の手元に一〇月末までには届いていたであろう。房前の返書は、一一月八日付である。

お手紙を賜り、感激しております。琴をお送りくださった「竜門の恩」(＝ご恩)が、卑しい我が身の上に厚いことを知りました。お目にかかりたさは常の百倍です。白雲の立つ筑紫から届いたお歌に唱和し、つたない歌をお目にかけます。

というのが、房前の書状の大意である。短い儀礼的な書状と評されもするが、必ずしもそうとは言いきれないのではなかろうか。「竜門の恩」が、『文選』「琴譜」に用いられる語であることは、注釈書などが指摘するところである。房前は旅人の書状を理解し、同じ軸を用いて応えている。

書状に続き、房前は次の歌を詠んでいる。

言問《ことと》はぬ　木にもありとも　我が背子が　手馴《たな》れの御琴《みこと》　地《つち》に置かめやも（八一二）

旅人の歌「言問はぬ　木にはありとも　愛《うるは》しき　君が手馴れの　琴にしあるべし（八一一）」に対する贈答歌になっている。

歌中の「我が背子」は、例えば、「賜りし」などでもよかったのではないか。あえて「我が背子」と詠んでいるのは、房前が親しみを表現したいからであろう。(26)政争の敗将ともいえる旅人への敬意であろうか。「御琴」という語からは、受取った琴を尊ぶようすがうかがわれる。「地に置かめやも」は、「粗末にするでしょうか、決してそのようなことはありません」の意で、琴を必ず大切に扱うことを約束している。房前の歌は、旅人の琴の贈物の意図を理解し、旅人の依頼にそって配慮する約束と考えてよいだろう。

房前の返書には、「還使《くわんし》の大監《だいけん》に付く」とある。大監とは、大宰帥の下にある官吏である。大宰府へ戻る大監に、房前の書状が托されていた。

ま と め

天平元年は班田の年であった。その事務は一〇月一日に始まる。一〇月七日、旅人は公の使いにつけて、書状と日本琴を房前に届けている。考古学的知見と当時の文献から、その琴は大伴一族の神器であったと推測できる。

公の使いが届けたのは、大隅と薩摩の班田収受の免除を願う、大宰府からの言上であったと思われる。参議であった房前に配慮を願って琴を届けたのであろう。それを贈ることは、神祇権の放棄を意味する。一一月八日の房前の返書は、旅人の意図を理解したことを示す。善処する約束を含むであろう。

天平二年二月末が、定められた班田事務終了の時である。『続日本紀』の大宰府言上の記事は三月七日付である。大宰府の言上を入れたことを公にしている。大隅と薩摩の班田は、延暦一九年（八〇〇）一二月まで行われなかった。(27)

（資　料）

大伴淡等《たびと》の謹状

梧桐《ごとう》の日本琴《やまとごと》一面《いちめん》　對馬《つしま》の結石山《ゆひやま》の孫枝《ひこえ》なり

此の琴、夢に娘子《をとめ》に化《な》りて曰《いは》く、「余《われ》根を遥島《えうたう》の崇《たか》き巒《みね》に託《つ》け、幹《から》を九陽《きうやう》の休《うるは》しき光に晞《さら》す。長く烟霞《えんか》を帯《めぐ》らして、山川《さんせん》の阿《くま》に逍遥《せうえう》し、遠く風波を望みて、雁木《がんぼく》の間に出入りす。ただ百年の後《のち》に、空しく溝壑《こうかく》に朽《く》ちなむことのみを恐る。偶《たまさか》に匠《たくみ》に遭《あ》ひ、斮《き》りて小琴に為《つく》られぬ。質麁《あら》く音少きを顧《かへり》みず、恒《つね》に君子の左琴《さきん》とあらむことを希《ねが》ふ」といふ。即ち歌ひ曰く、

いかにあらむ　日の時にかも　音《こゑ》知らむ　人の膝の上《へ》　我《わ》が枕かむ（八一〇）

僕《やつかれ》、詩詠《しえい》に報《こた》へて曰く、

言問《ことと》はぬ　木にはありとも　愛《うるは》しき　君が手馴《たな》れの　琴にしあるべし（八一一）

琴娘子《をとめ》が答へて曰く、「敬《つつし》みて徳音を奉《うけたま》はりぬ。幸甚《かうじん》幸甚」といふ。片時《しまらく》ありて覚《おどろ》き、即ち夢の言に感《かま》け、慨然《かいぜん》に黙止《もだ》あること得ず。故に公《おほやけ》の使ひに付けて、いささかに進御《たてまつ》らくのみ。謹状《きんじょう》す。不具《ふぐ》
天平元年十月七日に、使ひに付けて進上《たてまつ》る。
謹通《きんつう》　中衛高明閤下　謹空《きんくう》
跪《ひざまづ》きて芳音《ほうおん》を承はり、嘉懽《かくわん》交《こもごも》深し。乃ち龍門の恩、また蓬身《ほうしん》の上に厚きことを知りぬ。恋望《れんぼう》の殊念《しゅねん》、常の心の百倍なり。謹みて白雲の什《じふ》に和《こた》へて、野鄙《やひ》の歌を奏《まお》す。房前謹状す。
　言問はぬ　木にもありとも　我が背子が　手馴《たな》れの御琴《みこと》　地《つち》に置かめやも（八一二）
十一月八日に、還使《くわんし》の大監《だいけん》に付く。
謹通　尊門　記室(28)

註
（1）原田貞義「旅人と房前――倭琴献呈の意趣とその史的背景」、『万葉とその伝統』大久保正編、桜楓社、一九八〇年、一三三―一三四頁。梶川信行「日本琴の周辺――大伴旅人序説」、『美夫君志』32号、一九八六年、二頁。
（2）水野正好「琴の誕生とその展開」『考古学雑誌』第66巻第一号、日本考古学会、一九八一年五月、一―二五頁。発掘調査によって出土した琴一五例と、埴輪として形象化された琴を対象とする。
（3）同上、一七―一八頁。佐田茂「古代琴雑考」『考古学雑誌』第66巻第一号、三九頁。
（4）埴輪琴については、宮崎まゆみ『埴輪の楽器――楽器史からみた考古資料』三公社、一九九三年。
（5）同上書では、女性像の一点は制作に問題ありとして、資料から除外されている。八四頁。
（6）同上書、一〇頁。

（7）同上書、七七頁。
（8）水野正好「芸能の発生」、『日本の古代信仰5　呪禱と芸能』山上伊豆母編、学生社、昭和五五年、三九頁。
（9）西本香子「「琴（キン）」と「琴（こと）」」『明治大学大学院紀要』第28集、一九九一年、二七五頁。荻美津夫『日本古代音楽史論』吉川弘文館、一九七七年、四八頁。
（10）山上伊豆母「五世紀王朝と日本琴」、『呪禱と芸能』五七―五八頁。
（11）平安時代中期に作られた辞書『倭名類聚鈔　巻二鬼神部神霊類第十六』では、「霊」は美太萬《みたま》および美如介《みかげ》と読まれている。林建明『神に関する古語の研究』冨山房インターナショナル、平成一二年、三六―三七頁。
（12）「屯倉」は大王家の直轄地で、「首」はその管理者を意味する。
（13）「維摩経は、在家の長者・維摩詰《きつ》の病気に際して見舞いに行った文殊菩薩と維摩詰の問答、維摩詰による「空」の境地を説いたもの。維摩講は、藤原鎌足によって創始され、毎年一〇月に行われる（『藤氏家伝』鎌足伝）。鎌足の病に際し、維摩経「問疾品《もんしつほん》」を誦ませたところ、たちまち病が平癒したとある（『興福寺縁起』維摩会）。維摩講は呪術的な病人祈祷として始まり、この維摩講と病気平癒の結びつきは、少なくとも八世紀段階には認識されていたと思われる。」国学院デジタル・ミュージアム万葉神事語辞典による。http://k-amc.kokugakuin.ac.jp/DM/detail.do?class_name=col_dsg&data_id=68952
（14）日下雅義『古代景観の復原』中央公論社、一九九一年、口絵。
（15）『日本古典文学大系69　懐風藻・文華秀麗集・本朝文粋』小島憲之校注、岩波書店、昭和三九年。
（16）「琴罇促膝難」。
（17）「宴飲遊山齋」。
（18）「風涼琴益微」。
（19）井上辰雄『正税帳の研究』塙書房、昭和四二年、一三二―一三三頁。
（20）同上書、四六七―四六八頁。
（21）岡本雅享「クマソ復権運動と南九州人のアイデンティティ」『福岡県立大学人間社会学部紀要』二〇巻二号、二〇一一年、八七―八八頁。
（22）養老令、田令23班田条「凡応レ班レ田者、毎二班年一、正月卅日内、申二太政官一。起二十月一日一、京国官司、預校勘造レ簿。

至二十一月一日一、摠二集応レ受之人一、対共給授。二月卅日内使レ訖。」大宝令班田条には、養老令と同内容の規定が存在していたと考えられる。三谷芳幸『律令国家と土地支配』吉川弘文館、二〇一三年、二一―二四頁。

(23) 左大臣長屋王は、同年二月、自死させられていた。

(24) 職員令義解で復元される、職員令第三条中務省条。黛弘道「中務省に関する一考察――律令官制の研究（一）」『研究年報18』学習院大学、一九七一年、八一―一〇一頁。

(25) 房前の中務卿任命を旅人が知りえたとする説もある。丹羽明弘「大伴旅人・日本琴の意味について――なぜ房前に贈ったのか」『甲南大学古代文学研究』五号、一九九九年九月、八八頁。

(26) 同前美希「日本琴「贈答書簡」――藤原房前の返書を中心に」『美夫君志』66号、二〇〇三年、二五―三八頁。氏は、「我が背子」の『万葉集』中の用例との比較から、男性同士の親愛を表す言葉である、と結論付けておられる。

(27) 「大隅・薩摩両国の百姓の墾田を収め、すなわち口分を授ける。」（『類聚国史』巻一五九口分）。

(28) 『新編日本古典文学全集　萬葉集②』小島憲之他校注・訳、小学館、一九九五年、による。

三　松浦川歌群の真意

天平二年（七三〇）四月六日、大宰帥であった大伴旅人は吉田宜《よしだのよろし》宛に手紙をしたためている。旅人の書簡は残されていないが、同年七月一〇日付の宜の返書から、旅人の手紙には二つの歌群が付されていたことが知られる。一つは、同年正月一三日に旅人宅で開かれた宴で作られた、梅を愛でる一群の歌である（巻第五・八一五―八五二）。もう一つは、「松浦河《まつらかわ》に遊ぶ序」という詞書に始まる一連の歌群（巻第五・八五三―八六三）である。

松浦川歌群序によれば、主人公が松浦に行き、玉島川の畔で魚を釣っている娘たちに出会う。「神仙か」と問うと、彼女たちは「漁師の子で、あばら家に住むものです」と答え、彼と共白髪の誓いを結ぶことを望む。彼は喜んで承諾する。ところが彼の乗っている馬が帰りを急ぐので、心のうちを述べる歌を贈った、とある。序と主人公の歌のあとには、彼に答える娘たちの歌、主人公一行の歌、娘たちがさらに答える歌、後の人が追和する歌などが続く。

この一連の歌群の作者について、多くの議論がなされてきた。それは主として、大伴旅人か山上憶良かという点に絞られる(1)。旅人の作品には、琴の娘子（『万』八一〇）や梅の花の娘子（『万』八五二）が夢の中で語る表現がある。当歌群も同質の幻想的雰囲気をもつ。憶良の現実的世界とは異質であり、憶良作とは考え難い。また、主人公の歌八五三と娘たちが答える歌八五四との二首が旅人の文字遣いを残すことは、稲岡耕二氏によって詳しく論じられている。(2) 序および二首の作者は旅人と見てよいだろう。

竹取翁歌群と構成が似通う当歌群であるが、内容は対照的で、竹取翁が娘たちと結ばれることを望まないのに比べ、この歌群の主人公は娘たちと結ばれることを喜んで承諾する。旅人作であることが確かと思われる部分を取上げ、作者の真意を考えてみたい。

以下は、序の現代語訳と二首の歌の読み下し文である。(3)

松浦川に遊ぶ序

わたしは、たまたま松浦の地に行って逍遙し、ちょっと玉島川の淵に臨んで遊覧したところが、はからずも魚を釣っている娘たちに出遭った。花のように美しい顔は並ぶものがなく、照り輝くばかりの容姿は無類である。眉の辺りは柳の葉が開いたようにしなやかで、頬の辺りは桃の花が咲いたようにあでやかである。その気品は雲をつきぬけんばかりに高く、その雅やかなことはこの世のものとは思えない。わたしは尋ねた。「どこの里のどなたの娘子ですか。もしや仙女ではありませんか」と。娘たちはみんなにっこり笑ってこたえた。「わたしたちは漁師の子で、あばら家の見るかげもない家に住む者です。里もなければ家もありません。どうして名乗るほどのものでありましょう。ただ生まれつき水に親しみ、また心の中で山を楽しんでおります。あるときは、洛水《らくすい》の浜《ほとり》に臨んで、所在なく魚の身の上を羨むこともあり、またある時は、巫山《ふざん》の神仙峡《しんせんきょう》に横たわって、わけもなく煙霞を眺めることもあります。いま思いがけず高貴な方のあなた様にお逢いできました。うれしさを包みかねて、心の底を打ち明ける次第です。これから後は、どうして共白髪《ともしらが》の契《ちぎ》りを結ばずにいられましょうか」と。わたしは答えた、「はいはい、謹んで仰せに従いましょう」と。だ

が折しも、日は山の西に落ち、黒駒は帰りを急いでいる。とうとう心のうちを述べて、次の歌を贈った。その歌とは、

あさりする　漁夫《あま》の子どもと　人は言へど　見るに知らえぬ　うまひとの子と（八五三）

答ふる詩《うた》に曰く

玉島《たましま》の　この川上に　家はあれど　君をやさしみ　顕《あら》はさずありき（八五四）

1　松浦川とツツノオ神の出現

肥前国松浦郡は、現在、佐賀県の東・西松浦郡、唐津市、伊万里市および長崎県の北・南松浦郡、松浦市などに分かれる。『万葉集』の「松浦」は、東松浦郡と唐津市を中心とした範囲にかぎられるらしい。松浦川は、東松浦郡の玉島川をいう。

「松浦河」が連想させるできごとが、『古事記』（七一二年撰上）および『日本書紀』（七二〇年撰上）に記されている。

『古事記』には、新羅征服の帰路、神功皇后が四月上旬に松浦郡玉島の川中の岩に座して、裳の糸を抜いて、飯粒を餌にして、その川の鮎を釣った。これによって、四月の上旬になると女性たちが裳の糸を抜いて、飯粒を餌として、鮎を釣ることが、今に至るまで行われている、とある。

『日本書紀』には、次のようにある。

夏四月三日、神功皇后は北方の肥前国の松浦県に到着されて、玉島里の小川のほとりで食事をされた。この時、皇后は縫針を曲げて釣針とされ、飯粒をとって餌にして、御裳の糸を抜き取って釣糸にし、河中の岩の上に登って釣針を投げ、祈祷されて、「私は西方に財国《たからのくに》を求めようと思っている。もしことを成就することがあるならば、河の魚よ、釣針を呑め」と仰せられた。そうして竿を上げて、たちまち鮎を獲られた。

（神功摂政前紀　仲哀九年四月条）

続けて、皇后が取った鮎を「これは珍しいものである」と言ったので、時の人はその地を名付けて梅豆羅国《めずらのくに》という。今、松浦というのは訛ったものである、と記している。この記事によれば、新羅遠征の帰路ではなく、新羅遠征に向かう途中での勝利を占う釣である。

『肥前国風土記』松浦郡の項は『日本書紀』とほぼ同じで、神功皇后の新羅遠征の往路のできごととし、松浦の地名の由来も記す。

神功皇后の新羅遠征逸話と切り離せないのが、ツツノオ神の出現と奉祭である。『古事記』によると、仲哀天皇は西の国へ遠征するようにと神の託宣を受けるが、それを信じなかったため崩御する。皇后息長帯日売命《おきながたらしひめのみこと》が神の名を問うと、「底箇男《そこつつのお》・中《なか》箇男・上《うわ》箇男の大神で、天照大神の御心による」と告げられる。原文には「この時に、その三柱の大神の名が初めて顕れた」と注記が付されている。この三柱の神を、『古事記』は、墨江《すみのえ》大神と呼ぶ。

『古事記』は、一貫してスミノエを「墨江」と表記する。「江」は「入り江」を意味するが、古くは大地を貫く大河を意味した。また、「墨」は「清む」と無関係ではなかった。「墨江」は「清く澄んだ入り江」の意で、ほめことばであっただろう。また、奈良時代には船形の墨が一般的で、墨は一船、二船と数えられた(4)。船と墨が結びついていたのだから、「墨江」は船の集まる「江」の意を含んだと思われる。

『古事記』はまた、スミノエ三神は綿津見神《わたつみのかみ》と同じ時に誕生したとする。ワタツミは、ワタ（海）＋ツ（の）＋ミ（神霊）であるから海の神である。墨江の表記は、墨江神が水の神であることを含む。しかし、ワタツミの神とともに誕生したとすれば、墨江神は海の神ではないことになる。また、筒男という名でもって、男性神に限定される。

『摂津国風土記』（七一五年？成立）逸文に、「住吉」の由来を述べる説話がある。オキナガタラシヒメのみ世に住吉大神がこの世に姿を現し、沼名椋《ぬなくら》の長岡の崎（今の住吉大社の南にあたる地）まで来られ、「ここは住むのに実によい土地だ」とおっしゃり、「真《ま》住《す》み吉《え》き住み吉き国」と称えごとをなさったので、そこに住吉大神を祀る社を定めたとする。「住吉《すみのえ》」は「住み良い国」に由来するとされ、スミノエ神は海の神でも江の神でもなくなる。そして、沼名椋の長岡の崎が奉祭の地と定められる。

『日本書紀』では、神功皇后に新羅遠征を命じるのは、天照大神・事代《ことしろ》神・三柱の筒男《つつのお》神である。三柱の筒男神とは底筒男・中筒男・表《うわ》筒男で、住吉《すみのえ》大神とされ（神代紀上第五段一書第六）、墨江大神が住吉大神へと変化している。松浦川のできごとは、先に述べたように、新羅遠征に向かう途中で起こったとされる。新羅からの帰路、住吉神が神功皇后に、荒魂を穴門の山田邑に、和魂を大津の渟名倉の長峡《ながお》に祀るようにと命じる。

『万葉集』の「スミノエ」の用例中、墨江（三回）、墨之江（一回）、清江（二回）、須美乃江（一回）など、「江」を用いる歌のなかに、作歌年代がわかるものがある。歌六九の左注と歌二九五歌中において「清江」が使われている。歌六九は長皇子に献じられた歌であるが、長皇子は天武天皇の皇子で、七一五年六月に薨じている。左注は『万葉集』の編者による可能性がある。歌二九五は文武天皇を「我が大君」と呼ぶが、文武は七〇七年に崩じているから、それ以前の歌である。後者は『古事記』成立以前、スミノエが「清んだ江」を意味したことを示す。

松浦の玉島のできごとを記す文献が、他にもある。大阪市の住吉大社に伝えられる『住吉大社神代記』（以下『大社記』[5]）である。この文書は、松浦で神功皇后が鮎を釣ったのは新羅遠征の往路のできごととし、『日本書紀』にほぼ文字通り従っている。しかし、ツツノオの出現について、『大社記』は、イザナキの禊《みそぎ》のときに現れた九神のうち、底筒男命・中筒男命・表筒男命を三所大神とし[6]、そのあとに割注で「今、墨江の御峡の大神と謂ひ、号《たた》へて住吉大明神と称《まお》すなり[7]」と付している。「今、〇〇〇と謂ひ、〇〇〇と称す」という表現は、「以前は、そうではなかった」という含みをもつ。「墨江御峡大神」も「住吉大明神」の名も新しいもので、以前からの名前でないとしている。「墨江御峡大神」「住吉大明神」の名は、『大社記』が書かれたときから新たに使われるようになったことを意味する。『大社記』の原撰が天平三年（七三一）とすると、その時か。

それでは、以前はどのような名前であったのだろうか。『大社記』巻首の五行目には、「玉野国、渟名椋の長岡の玉出の峡《を》の墨江の御峡《みを》に座《いま》す大神[8]」とある。「峡」は山と山に挟まれた谷、または水路を意味する。万葉歌三三六（大伴家持作）には、「堀江より　美乎《みを》遡る　梶の音の」とある。「美乎」は現代語では「水脈」と訳されており、堀江の水路を意味する。「墨江の御峡に座す大神」とは水の神である。また、「墨江の御峡に座す大神」であって、神名はない。

六行目には割注で「今謂住吉郡神戸郷墨江住吉大神」（今謂ふ、住吉郡神戸郷墨江の住吉大神）とある。ここでも「今、墨江の住吉大神という」のであり、もとは「住吉大神」という名前をもたなかったとする[9]。『大社記』本文中、「住吉大神」の名はどこにも用いられていない。それに引きかえ、ただ「大神」とよぶ箇所は二〇回近くにわたる。(10)「墨江御峡に座す大神」は至高神であって、固有の名はない。大神の座す所の名が付されているだけである。

2　神名の変遷（大神→墨江大神→住吉大神）

松浦川はスミノエ神の出現と結びついており、その神が奉祭されたスミノエともつながる。スミノエは大伴大連《おおむらじ》金村が住んだ地であった。金村は、旅人の曾祖父の父にあたる。万葉歌六六には、「大伴の高師《たかし》の浜」とあって、現在の堺市南から高石市にかけての海岸が、「大伴」の名をもっていたことを示す。題詞に「太政天皇、難波宮に幸せる時の歌」とある。太政天皇が持統天皇をさすとすれば、天皇が崩じた大宝二年（七〇二）以前のことになる。(11)

山上憶良が在唐中に作った歌に、「いざ子ども　早く日本《やまと》へ　大伴の　御津《みつ》の浜松　待ち恋ひぬらむ」（『万』六三）とある。「御津」は、神聖な津の意味であっただろう。憶良の入唐は大宝二年（七〇二）六月、帰朝は慶雲元年（七〇四）七月であるから、歌六三は七〇四年以前に作られている。天平五年（七三三）の遣唐使に贈られた、作者未詳の歌四二四五になると、遣唐使が奈良から「難波にくだり　住吉の三津《みつ》」より船に乗って出発したとある。「大伴の御津」が「住吉の三津」に変わっている。(12)

墨江から住吉へと変遷する表記は、スミノエで祀られた神の祭祀に変化があったことを示す。『大社記』に記される無名の大神は、どのような神であったのだろうか。

『万葉集』に大伴坂上郎女《おおとものさかのうえのいらつめ》が娘に与えた長歌（四二二〇）がある。「わたつみの　神の命《みこと》の　みくしげに　貯

ひおきて　いつくとふ　玉にまさりて　思へりし　我が子にはあれど」とあって、娘が夫・家持とともにその任地越中へ行ってしまったのを歎く内容である。歌中、娘を海神の大切にする真珠にたとえている。そのたとえにおいて、母である自分は海神に対応する。ワタツミは女神として想定されている。玉である娘も海神である。「わたつみの神の命」という坂上郎女のことばは、ただの比喩ではなかったと思われる。郎女は海の神を信じていたのではなかろうか。

郎女が旅人の死後二年目になる天平五年（七三三）一一月に詠んだ歌がある。

大伴坂上郎女、神を祭る歌一首　并《あは》せて短歌

ひさかたの　天《あま》の原より　生《あ》れ来《きた》る　神の命《みこと》（中略）　鹿《しし》じもの　膝折り伏して　たわやめの　おすひ取りかけ　かくだにも　我《あれ》は祈《こ》ひなむ　君に逢はじかも（三七九）(13)

反歌

木綿畳《ゆふたたみ》　手に取り持ちて　かくだにも　我は祈《こ》ひなむ　君に逢はじかも（三八〇）(14)

右の歌は、天平五年の冬十一月を以《もち》て、大伴氏の神を供祭《まつ》るときに、いささかにこの歌を作る。故に神を祭る歌といふ。

大伴坂上郎女は旅人の異母妹で、旅人の死後、大伴一族の中心的存在であった。彼女が家長として一族の祖神を祀ったようすが残されている。

上記の長歌・反歌は、ともに「かくだにも　我は祈ひなむ　君に逢はじかも」で終っている。「逢はじかも」

は、「もう会えないのではないか」の意である。歌三八〇の左注に「大伴の氏の神を供祭る時」とあるから、「恋人に逢わせたまえ」とかいった個人的な心情を歌ったものではないだろう。自分たちの信じる神にもはや逢えないのではないかという、懸念の表現であろう。スミノエで祀られた神は、もとは海神、それも女神であった。郎女の歌は、旅人の死後、大伴氏の祖神である海神の奉祭が危機にさらされている状況を示すと思われる。

天平勝宝七年（七五五）大伴家持作の万葉歌四四〇八に、「須美乃延《すみのえ》の我が皇神《すめかみ》」とある。「皇神」は、一地域を領する最高位の神を意味して使われているであろう。翌年作の歌四四五七には「須美乃江の浜松が根の」とあって、自らが奉じるのは、あくまで江の神としている。

3　作歌の誘因

松浦川歌群の最後の三首には、「後の人の追和する詩三首　師老」という詞書がある。「師老」は、大宰帥・旅人を意味するから、旅人作として間違いないだろう。

松浦川　川の瀬速《はや》み　紅《くれなゐ》の　裳の裾濡れて　鮎か釣るらむ（八六一）
人皆《みな》の　見らむ松浦の　玉島を　見ずてや我《われ》は　恋ひつつ居《を》らむ（八六二）
松浦川　玉島の浦に　若鮎《わかゆ》釣る　妹《いも》らを見らむ　人のともしさ（八六三）

歌中の「松浦川」「紅の裳の裾」「鮎」「玉島」などは、明らかに、この歌群を『古事記』『日本書紀』が記す松浦川でのできごとと結び付けている。

松浦川歌群及び序は、天平二年（七三〇）四月六日付の吉田宜宛の旅人の手紙に付されていた。この日付は、どのような日であったのだろうか。

前年の神亀六年（七二九）四月五日に筑前国宗形郡大領外従七位上宗形朝臣島麻呂が宗像の神主となり、昇位と褒賞を受けていることが、一つのきっかけとして考えられる。宗形郡大領は筑前国造であった可能性がある。大和政権とのつながりを保ちながら統治権と神事権の両権をもっていた国造《くにのみやつこ》を、一介の神主に任じている。同年二月には、天武天皇の孫であった左大臣長屋王が、自死させられていた。長屋王の父・高市皇子の母は、胸形《むなかたの》君徳善《きみとくぜん》であった。島麻呂の神主任命は、反藤原勢力であった長屋王の死後間もない、朝廷による神事への介入の例である。当時、旅人は大宰帥として、山上憶良は筑前守として九州に赴任していた。

筑前国で起こったのと似たようなことが、スミノエでも起りつつあったのではなかろうか。

『大社記』には、新羅征服後、大神の社を新羅に定め、志加乃奈具佐《しかのなぐさ》をその祝《はふり》としたとする記事がある。[15]『大社記』独自のもので、『古事記』『日本書紀』にはない。志賀には志賀海《わたつみ》神社があって、ワタツミの神を祀る。その社家は安曇《あずみ》氏で、ナグサはその一族と思われる。とすると、墨江神がワタツミを祀る安曇氏の一族によって奉祭されていたことになる。ワタツミは海の神である。スミノエの大神が海の神を祀る一族によって祀られていたということは、スミノエの神は本来、海神であったという推論を補強する。[16]

『大社記』では、シカノナグサの記事の三行あとに、「筑紫の大神、社を定め奉らむとして皇后に誨へて曰はく、我が荒魂をば穴門の山田邑に祭らしめよ、と。」が続く。『日本書紀』の並行箇所には、「従軍神表筒男・中筒男・底筒男三神が皇后に誨へて曰はく、我が荒魂をば穴門の山田邑に祭らしめよ、とのたまふ」とある。『大社記』

は、三筒男神に取って代わられる以前、スミノエの神が筑紫でも祀られていたことを含むのであろうか。

筑紫国は、七〇〇年前後に筑前・筑後の二国に分国されている。(17)「筑紫の大神」とは、分国以前、筑紫で祀られた神の意味であろう。五世紀から六世紀前半にかけて、筑紫で広く勢力をもった豪族は宗像君一族であった。その勢力が及んだ範囲は明確にできないが、分国後、西海道最多数の一四郷を擁する神郡となった宗像郡、遠賀郡宗像郷などにその名を残す地域を含んだであろう。彼らの奉祭した神を、『日本書紀』は胸形大神と呼び、三姫神とする。『筑前国風土記』逸文に、「胸肩の神躰は玉なる」とある。「玉」は真珠を意味する。筑紫で祀られた神は、スミノエと同じ海神であったのではなかろうか。

旅人は、作歌の一年前、宗形朝臣島麻呂が宗像の神主に任じられたことを知っている。松浦川歌群の主人公と娘たちは、互いに結ばれることを望みながら、彼の乗る馬は彼の望みとは別の方向に進む。宗像一族が祀っていた海神が朝廷の支配下におかれた事実を含めて、大伴一族の神に起こりつつある状況を、幻想の世界に託して詠っているのであろうか。

しかし、宗像神に起こったできごとは、一年前になる。天平二年正月一三日に旅人の邸宅で開かれた梅花宴のおりに詠まれた歌群にそえられた序には、「一堂の内では言う言葉も忘れるほど楽しくなごやかであり、外の大気に向かっては心をくつろがせる。さっぱりとして各自気楽に振舞い、愉快になって各自満ち足りた思いでいる」とある。歌群は、宴のなごやかで愉快な雰囲気を伝えている。

梅花宴後、手紙をしたためる四月六日前に、旅人にとって何らかの緊迫したできごとが起こったのではなかろうか。

『大社記』奥書に、斉明五年(18)（六五九）に大山下右大弁津守連吉祥の注進した「以前、御大神顕座《あれます》神代記」と、大宝二年（七〇二）に定められた本縁起とを引き勘がえ、宣旨（＝勅令）によって勘注した、とある。他方、『大社記』巻頭には、「合／従三位住吉大明神大社神代記／住吉現神大神顕座神縁記」とあり、二つの文書の合輯であることが分る。『大社記』成立以前に、これら二文書が存在した。内容は、「御大神顕座神代記」と大宝二年の本縁起に手を加えたものであっただろう。

「住吉現神大神顕座神縁記」には住吉が用いられているから、『摂津国風土記』後の成立である。しかし、「住吉神」に神階が付されていないから、「従三位住吉大明神大社神代記」より前に成立している。奥書の最後に、天平三年（七三一）七月五日の日付がある。これが合輯の日付とすると、「従三位住吉大明神大社神代記」はそれ以前の成立でなければならない。成立順は、以下のようになる。

「御大神顕座《あれます》神代記」斉明五年（六五九）
本縁起　大宝二年（七〇二）
「住吉現神大神顕座神縁記」（七一五年以後、従三位授位以前）
「従三位住吉大明神大社神代記」（授位以後、七三一年以前）

「従三位住吉大明神大社神代記」は一度提出され、所轄官で検討された結果、何らかの理由で不備とされ、新たな解文提出が命じられたと考えられる。神階授位――「従三位住吉大明神大社神代記」作成作業――提出・検討――差し戻し――合輯作業――天平三年（七三一）七月『大社記』提出、の順で進んだであろう。その間は一年あまりか。「従三位住吉大明神大社神代記」は、遅くとも天平二年に提出されていたであろう。とすると、神階授位は天平二年のいつ頃か。

『古事記』『日本書紀』によれば、ツツノオ神は神功皇后に新羅遠征をするよう告げる際に出現する。『日本書紀』が、遠征の途上、松浦川で皇后が釣をしたとする四月三日が神階授位の日ではなかったか。天皇家が奉じる天照大神を最高位に置き、豪族たちが奉じる神に位階を授け、順位付けることが朝廷側の目論見であっただろう。豪族側からすれば、朝廷から授かる神階によって、自分たちの祭祀が神祇官のもとに置かれることが分っていても、それを辞退することはできなかったに違いない(19)。

『古語拾遺』（八〇七年撰上）に次のような記事がある。

天平の年中に至りて、神帳を勘《かむが》へ造る。中臣 権《いきほひ》を専《もはら》にして、意《こころ》の任《まにま》に取り捨てみす。由《よし》ある者は小さき祀《まつり》も皆列《つらな》る。縁《よし》なき者は大なる社《やしろ》もなほ廃《す》てらる。敷奏《まを》し施行《おこな》ふこと、当時ほしいままなり。諸社の封税《おほちから》、すべて一門に入る(20)。

天平年中になって、神帳が作られた。中臣氏が権勢をふるい、中臣氏に由縁のあるなしで、小社でも班幣（神への捧げ物）の列に加えられ、大社でも班幣に加えられない。諸社の封税はすべて一族に入った、とある。『大社記』も、天平年中に作らされた神帳の一つであったのではないか。住吉大明神に従三位を授け、それに際して神帳作成を命じたのが、天平二年四月三日であったのではないかと、私は推測する。

4　離れ去る馬

畿内をつなぐ淀川・大和川は難波を河口としたから、難波を手に入れることは畿内一帯の制覇権を意味した。また、難波は瀬戸内海運の発着地であり、大陸への航路の拠点であった。難波制覇を果たすには、この地を司る豪族を支配下におかねばならない。そのためには、彼らの祭祀を掌握する必要があったであろう。政治と神事が密着していた時代、神事の支配は所領と統治権の掌握を意味した。

「江の神」を「土地の神」へすりかえるようなことは、不比等が右大臣の座を占め、中臣意美麻呂が中納言と神祇伯をかねるようになった和銅元年（七〇八）後のことであろう。それにしても、まだ大伴宿禰安麻呂が大納言として並んでいた。壬申の乱で大海人皇子側について功があった彼をさしおいて、その奉じる神をすりかえることは、不比等にもできなかったに違いない。

和銅七年（七一四）五月に安麻呂が没すると、安麻呂の長男旅人が中納言として議政に加わるのは、養老二年（七一八）三月である。七二〇年三月、旅人は征隼人持節大将軍に任じられる。『続日本紀』六月一七日条に、「将軍は原野に野営してすでに一ヵ月にもなった」とあるから、赴任したのは五月一七日か。『日本書紀』は五月二一日に奏上された。まるで旅人の留守をねらってなされたかのようである。

神亀三年（七二六）一〇月、藤原宇合が知造難波宮事に任じられる。旅人が大宰帥に任じられ九州に赴任するのは、翌年末から神亀五年三・四月までの間とするのが通説である。(21) 神亀六年（七二九）二月、先に述べたように、天武天皇の孫であった左大臣長屋王が、自死させられた。皇子時代の名が大海人《おおしあま》であった天武の扶養氏族は、海人族であっただろう。長屋王は海人族ともつながりをもつ。長屋王が自決させられると、同じ年の三月には藤原武智麻呂が大納言に任じられる。旅人が大納言に任じられて帰京するのは、天平二年（七三〇）一二月のことである。天平四年三月に、藤原宇合らは功なり褒賞を受けている。難波宮造営の中核部分は、旅人の不在中に完成したのであろう。

松浦の娘子らは、人間をこえる世界に属する海のおとめ、海神である女神を連想させる。主人公は旅人の分身であろう。娘たちは主人公と結ばれることを望み、彼もそれを望む。しかし、彼の乗る馬は、彼の望みに反して彼女らから離れ去る。運命は、彼の望みに反して動く。

5　神功皇后とツツノオ神

『大社記』冒頭には、次のようにある。

御神殿　四宮
第一宮　表筒男
第二宮　中筒男
第三宮　底筒男　右三前。令㆓三軍㆒大明神（亦御名。向匱男聞襲大歴五御魂　速狭騰尊。又速逆騰尊。）
第四宮（姫神宮。御名。気息帯長足姫皇后宮。奉斎祀神主。津守宿禰氏人者。元手搓足尼後。）

カッコ内の文章は、原文では割注になっている。これによると、津守氏は第四宮の奉斎神主であるが、ツツノオ神の奉祭者とはされていない。現在、住吉大社の宮司は津守氏であるが、『大社記』が著された当時、第一宮から第三宮までの神主ではない。

『大社記』冒頭には、「摂津職に座《いま》す住吉大社の司、解し申す。言上、神代記の事」とあり、太政官もしくは神祇官に提出された解文《げぶみ》であったことがわかる。奥書には天平三年七月五日の日付と、延暦八年（七八九）八月二七日付の住吉郡および摂津職の署名がある。ツツノオ神に奉祭氏族がないとする文書は、津守氏にとって有利なものではない。このような文書が津守氏によって偽造されたとは考えられない。郡判、職判のある解文として正当性があるものとすると、延暦八年になってもツツノオ神には奉祭氏族はなかったことになる。

ツツノオ神には『古事記』以前の伝承がなく、また、奉祭氏族もないことになる。とすると、『古事記』が作り出した神という結論になる。朝廷の神祇政策によって造作された神であろう。『日本書紀』はそれを補強する目的で記されたと考えられる。

直木孝次郎氏は、「神功伝説には四世紀ないし五世紀初頭の歴史的事実と合致しない部分が多く、六世紀以降、とくに推古天皇以後の史実との関係が深いこと」、したがって神功伝説の大綱は「七世紀以降に成り、神功皇后は推古・斉明（皇極）・持統三女帝をモデルとして構想されたものと見て、大過はないと考える。(22)」とされる。塚口義信氏も、神功伝説の形成を舒明・皇極朝前後とみて、伝説が息長氏の祖先伝承を核にして形成されたと論じておられる。(23)

神功皇后が実在しなかったとすると、『古事記』『日本書紀』による松浦川での皇后の釣りの記事は、旅人にとってどのような意味をもっただろうか。ツツノオ神をスミノエで奉祭させるための方策とわかっていても、それに抗議することもできなかったであろう。長屋王のように、左大臣であっても、権勢に逆らえば自死に追い込まれる政情にあって、旅人にできたのは、起こりつつあることを幻想世界に托して後世に残すことであったのではないか。

松浦川歌群は、全体として神仙界を肯定している。竹取翁歌とは対照的な内容をもつ。それは仙女が暗示するものが、松浦川歌群と竹取翁歌とでは異なるためと考えられる。

6　吉田宜の返書

天平二年（七三〇）四月六日付の旅人の手紙に、七月一〇日、吉田宜が返事を書いている。宮中での七夕祭の後、帰途につく相撲の部領使《ことりづかい》に託して、旅人に届けられたものであった。

宜の返信には、「大宰府に旅寝し、過去を懐かしんでは心を痛め、年月が早く去ってしまい、若い当時を偲んでは落涙なさるとお手紙にございましたが」とあり、「どのようにして苦しいお気持をお慰めすればよいでしょう」と記されている。返書には、次の四首が添えられていた。

諸人の梅花の歌に和《こた》へ奉る一首

後《おく》れ居て　長恋《ながこひ》せずは　御園生《みそのふ》の　梅の花にも　ならましものを（八六四）

松浦《しょうほ》の仙媛《せんえん》の歌に和《こた》ふる一首

君を待つ　松浦の浦の　をとめらは　常世《とこよ》の国の　あまをとめかも（八六五）

君を思ふこと未《いま》だ尽きず、重ねて題《しる》す二首

はろはろに　思ほゆるかも　白雲の　千重に隔てる　筑紫の国は（八六六）

君が行き　日《け》長くなりぬ　奈良道《ならぢ》なる　山斎《しま》の木立《こだち》も　神《かむ》さびにけり（八六七）

第三首は、旅人のいる筑紫に思いを馳せる歌、第四首は、旅人の奈良の留守宅のようすを伝える歌になっている。

第一首の詞書にある「諸人の梅花の歌」とは、冒頭で少し触れた梅花宴の折に詠まれた歌三二首を指す。宜の歌は、「梅花宴に参加できなくて、お庭の梅にでもなりたいものだ」と旅人を慕う気持を詠う。

梅花の歌の序は、宴が楽しくなごやかな雰囲気のものであったと記す。歌群には、旅人作「我《わ》が園に　梅の花散る　ひさかたの　天《あめ》より雪の　流れ来るかも」（八二二）も含まれる。旅人の苦しい心境は見当たらない。

宜が慰めようとする旅人の心境は、旅人の書簡に記されていたか、もしくは松浦川歌群に含まれるのであろう。旅人の書簡は残されていない。松浦川歌群に含まれるとすれば、どの部分がそれに該当するだろうか。

「松浦の仙媛の歌に和ふる一首」（八六五）中の「常世の国」とは、不老不死の世界、神仙の住まうところを意味する。「あまをとめ」のアマは「海」の意味である。人間界を超える世界の海のおとめとは、海神の女神のことになる。句頭の「君を待つ」は「松浦の浦」の枕詞になっている。「君」は「あなた」の意であるから、宜は松浦川歌の主人公が旅人であることを推察している。「待つ」とあって、「今も待っている」ことを意味する。句末尾の「かも」は、疑問の助詞ではなく、詠嘆の意を表す助詞であろう。[24]

この句は、「海神のおとめは、今もあなたを待っているのですね」と詠う。宜は、松浦川歌群の主人公が旅人であり、おとめたちが海神であることを読み取っている。旅人には奉祭する神を失う悲しみばかりでなく、一族の首長として苦悩もあったであろう。宜はそれを汲み取り、神は今もあなたを待っている。神とのつながりは失われていない、と告げようとするのではなかろうか。

天平二年四月三日にツツノオ神が授位されたとすると、前代未聞のできごとであったのではないか。宜の耳にも届いていたに違いない。宜は旅人の苦悩を察知し、慰めを届けようとするのであろう。

宜は僧であったが、文武四年（七〇〇）に還俗させられ、吉の姓、宜の名を与えられる。[25] 和銅七年（七一四）には、山上憶良とともに従五位下を授位される。神亀元年（七二四）には、吉田連《むらじ》姓を与えられる。天平二年（七三〇）、他の七名とともにそれぞれ弟子を取り、陰陽・医術・七曜・頒暦などを教授させられる。天平五年（七三三）、図書係に、天平一〇年（七三八）、正五位下、典薬頭に任じられている。

『新撰姓氏録』（以下『姓氏録』[26]）左京皇別下は吉田連を大春日朝臣と同祖とする。[27] 大春日氏は、もとは丸邇《わに》氏であった。丸邇氏は、現奈良県天理市和爾町を中心とする地域を本拠とした。後に春日に移り住んで、春日氏となる。丹波、若狭、河内、大和に勢力範囲がおよぶ巨大な豪族であった。『古事記』『日本書紀』はともに、タケフルクマ（『記』建振熊、『紀』武振熊）を丸邇の祖とし、また難波根子《なにわねこ》と呼び、応神天皇の即位に尽力したと記す。

タケフルクマは、現存する日本最古の系図である『海部氏系図』[28] にその名を見せる。海部氏は丸邇氏と同族ということになる。系図を所蔵する海部家は古来海部直《あまべのあたい》とよばれ、丹波国造であった。分国以前の丹波国は、丹後国と但馬国をその領域とした。『海部氏系図』には、応神天皇の御代に「海部直」の姓を受け、国造として仕えたと記されている。

同系図はまた、海部氏の始祖を彦火明命《ほのあかりのみこと》とする。春日氏一族の祖タケフルクマの祖神を、火明命とする。『海部氏系図』の冒頭には、養老三年（七一九）三月二二日に籠宮に天下ったとある。応神天皇以前から存在した一族の祖神が養老三年に天下るという矛盾は、朝廷の神事政策によって養老年間になってからこの祭神が海部一族に与えられた結果であろう。タケフルクマを祖先とする吉田宜が丸邇氏とすれば、祖神は火明命ということになる。

『丹後国風土記』逸文は、日本最古の浦島伝説を伝える(29)。主人公の嶼子《しまこ》は丹後半島一円を治める人物である。彼は海神の神女に出会い、海の宮殿で結ばれるが、故郷に戻りたくなる。故郷に戻った嶼子は神女からもらった箱を開いてしまい、ふたたび神女に会えなくなる、という筋書きになっている。丹後半島一体を治めた首長が奉じたのは、海神の神女であったと考えられる。

『丹後国風土記』逸文の冒頭に、ここに記した内容はもと丹波国守であった伊預部馬養連《いよべのうまかいのむらじ》が記している内容と少しも違っていない、とある。『丹後国風土記』成立以前に、馬養という人物が書いた話があったとわかる。彼が丹波国守であったのは文武元年（六九七）から文武三年頃までで、浦島伝を書き下ろしたのはこの時期であろう。

『姓氏録』右京神別下天孫は、伊與部《いよべ》を火明命の子孫とする。海部氏と同族で、丸邇氏でもあり、吉田宜と同祖ということになる。そして、彼らが祀ったのは、海の神女であっただろう。海神を奉じた吉田宜は、松浦川のおとめたちが海神であることを読み取ったのであろう。

まとめ

松浦川に遊ぶ序および歌二首は、その内容と文字遣いから見て大伴旅人作とするのが妥当であろう。松浦川の名から、当時、政《まつりごと》と祭り事に関わる人たちは、『古事記』『日本書紀』に記される神功皇后の松浦川での釣りを連想したであろう。『記』『紀』はともに、神功皇后が松浦川で釣りをし、そのときにツツノオ神が初めて出現し、それ以来、ツツノオ神は住吉大社に祀られるようになったとする。

住吉大社側の史料としては『大社記』がある。これによれば、ツツノオ神の名は新しく用いられるようになったもので、『大社記』成立以前にここで祀られていた神に固有名はない。『大社記』の原撰が天平三年（七三一）であったとすると、元来スミノエで祀られていた神が、『大社記』成立の頃に朝廷の神祇政策によってすりかえられたと思われる。大伴氏の地であったスミノエでツツノオ以前に祀られていたのは、海神の女神であった可能性が考えられる。

住吉神に従三位を授け、それに際して神帳作成を命じたのが、天平二年四月三日であったというのが私の推測である。天平二年（七三〇）四月六日付の旅人の手紙に付されていた松浦川に遊ぶ序および歌二首は、海神である奉祭神を失うのではないかといった漠然とした懸念ではなく、事実、奉祭する神と別れねばならない悲しみの表現と考えられる。吉田宜の返信中の歌は、このような推測を裏付ける。

註

（1）土屋文明は全体を憶良作とする。『萬葉集私注　三』筑摩書房、昭和四四年、一二六—一三〇頁。諸説については、井村哲夫『萬葉集全注　巻第五』有斐閣、昭和五九年、一三八—一四〇頁。

（2）稲岡耕二「遊於松浦河歌群について」『萬葉表記論』塙書房、昭和五一年、三四三—三五三頁。

（3）『新編日本古典文学全集　萬葉集②』小島憲之他校注・訳、小学館、一九九五年、五一—五三頁。

松浦《まつら》河に遊ぶ序

余《やつかれ》、暫《たまさか》に松浦の縣《あがた》に往《ゆ》きて逍遥《せうえう》し、聊《いささ》かに玉嶋《たましま》の潭《ふち》に臨《のぞ》みて遊覧するに、忽《たちま》ちに魚を釣る女子《をとめ》等に値《あ》ひぬ。花の容雙《かほならび》なく、光《て》りたる儀《すがた》は匹《たぐひ》なし。柳の葉を眉の中に開き、桃の花を頬の上に發《ひら》く。意氣《いき》雲をしのぎ、風流は世に絶えたり。僕《やつかれ》問ひて曰《いは》く、「誰《た》が郷誰《さとた》が家の兒《こ》らそ、けだし神仙ならむか」といふ。娘等《をとめら》皆咲《ゑ》み答へて曰《いは》く、「兒等《われ》は漁夫《あま》の舎《いへ》の兒《こ》、草の菴《いほ》の微《いや》しき者なり。郷《さと》もなく家もなし。何ぞ稱《あ》げ云《い》ふに足らむ。ただ性《ひととなり》水に便《なら》ひ、また心に山を樂しぶ。あるときには洛浦《らくほ》に臨みて徒《いたづ》らに玉魚を羨《とも》しみし、あるときには巫峡《ぶかふ》に臥《ふ》して空しく烟霞《えんか》を望む。今邂逅《たまさか》に貴客《まらひと》に相遇《あ》ひぬ。感應に勝《あ》へず、輙《すなは》ち欵曲《くわんきよく》を陳《の》ぶ。今より後に、豈偕老《あにかいろう》にあらざるべけむ」といふ。下官《やつかれこた》對へて曰く、「唯々《をを》、敬《つつし》みて芳命を奉《うけたま》はらむ」といふ。時に日は山の西に落ち、驪馬《りばい》去なむとす。遂に懐抱《かいほう》を申《の》べ、因《よ》りて詠歌《えいか》を贈りて曰く。

（4）正倉院には、古墨十四挺と白墨一挺、破片一個がおさめられている。唐墨と新羅墨で、世界最古の墨の伝世品とされるが、十四挺のうち十二挺は船形をしている。

（5）田中卓『住吉大社史　上巻』住吉大社奉賛会、昭和五八年、所収。巻頭に「座二摂津職一住吉大社司解　申。言上神代記事」とある。「解」とあり、この文書が太政官、もしくは所管に提出される公文書であったことを示す。『大社記』成立については、著者の天平三年原撰・延暦八年書写説に従う。従来の研究に細密な検討を加えたうえ、新たに提唱された説であり、妥当と考える。『住吉大社史　中巻』住吉大社奉賛会、平成六年、二一四—二四九頁。

（6）一三四—一三五行。

（7）「今謂二墨江御峡大神一。號稱二住吉大明神一也。」

（8）「座二玉野国渟名椋長岡玉出峡墨江御峡一大神。」

（9）『大社記』結びの部分は広田社の神宴歌《かみあそびうた》「墨江にいかだ浮かべて渡りませ住吉の背子《せこ》」を引用し、「墨江」は入り江の名であること、「住吉の背子」は「住吉に住むあなた（＝男性）」の意で、「住吉」が地名であることを示している。
(10)　一八〇行、二八〇行、二八七行、三〇二行、三一五行、三一六行（三回）、三二二行、三二五行、三三〇行、三三一行、三七〇行、三七一行、三七八行、三八〇行（二回）。
(11)　持統天皇が難波に行幸した記事は『紀』『続紀』になく、文武天皇の行幸かとする説もある。文武天皇であれば、崩御の慶雲四年（七〇七）以前のことになる。
(12)　同じく天平五年に憶良が遣唐使に捧げた歌八九四、八九五、八九六は、遣唐使の帰着予定地をそれぞれ「大伴の御津の浜辺」「大伴の御津の松原」「難波津」とする。
(13)　現代語訳「天の原から下られた先祖の神よ（中略）鹿のように膝を曲げて身を伏せ、たおやめのおすひを肩にかけ、これほどまでも私はお祈りをしているのに、あの方に逢えないのではないでしょうか。」
(14)　現代語訳「木綿畳を手に取り持って、これほどまでも私はお祈りをしているのに、あの方に逢えないのではないでしょうか。」
(15)　二七九―二八一行。
(16)　「ワタツミの神とツツノヲの神は、神代史において併列して出現せられてゐるけれども、それは後の姿を示すものであり、元来は一つであって、海の神としては、ワタツミの神のみであったのであろう」とされる田中卓氏の推定（『住吉大社史　上巻』一七六頁）は、的を射ていると考えられる。元来一つの神を二つに分けることは、一つの神を奉じる一氏族を二つに分断し、勢力を弱めることにつながる。
(17)　分国は、持統三年（六八九）六月の浄御原令施行に伴って行われたと考えられる。長洋一「筑紫・火・豊の国の成立」『新版　古代の日本　第三巻　九州・沖縄』坪井清足・平野邦雄監修、角川書店、一九九一年、二〇〇―二〇一頁。
(18)　原文には「己未年」とある。
(19)　『新抄格勅符抄』大同元年牒には「気比神二百卌四戸越前国、天平三年十二月十日符従三位料二百戸」とある。天平三年（七三一）に越前国気比神を従三位に叙した例で、国史以外での神階奉授の初見とするのが通説である。田中卓氏は『大社記』冒頭の文書名中にある「従三位住吉大明神」を、神階の初見とされる（『住吉大社史　上巻』二六九頁注三）。
(20)　『古語拾遺』訓読文、斎部広成撰、西宮一民校注、岩波文庫、一九八五年、四五―四六頁。

（21）稲岡『山上憶良』吉川弘文館、二〇一〇年、九一―九二頁。

（22）「神功皇后伝説の成立」『古代日本と朝鮮・中国』講談社学術文庫、一九八八年、一〇〇―一〇二頁。

（23）「神功皇后伝説の形成とその意義」『神功皇后伝説の研究』創元社、昭和五五年、八七―一〇五頁。

（24）松田浩「松浦逍遙歌群の後人追和歌と宜の書簡と」『上代文学』第96号、二〇〇六年、五四頁。梅花宴歌の一首「霞立つ長き春日をかざせれどいやなつかしき梅の花かも」（八四六）は、その一例である。

（25）『続紀』による。以下、宜に関する詳細は、同じく『続紀』による。

（26）弘仁六年（八一五）奉進。佐伯有清『新撰姓氏録の研究　本文篇』吉川弘文館、昭和三七年。

（27）『文徳実録』（八七九年成立）嘉祥三年（八五〇）一一月条、書主卒去の伝に、本姓は吉田連、その先は百済より出、祖父は正五位上図書頭兼内薬正相模介吉田連宜である、と見える。しかし、『姓氏録』のほうが成立年代が早く、撰修目的も氏族の改賜姓の正確さの判別であったから、こちらの記事に従う。

（28）『神道大系　古典編十三　海部氏系図・八幡愚童記・新撰亀相記・高橋氏文・天書・神別記』平四、所収。現存する日本最古の系図で、昭和五一年に国宝指定を受ける。料紙および本文の書風から見て、平安時代前期を下らないとされる。本系図に記される歴代の人名の上を主にして捺された二〇数個の方形の朱印が、「丹後国印」であることが確認されている。丹後国庁に提出され、公認の証として国印が捺されたと解される。附の「海部氏勘注系図」は江戸時代のもので、本系図に注を加えている。ともに古伝・秘伝をふくみ、史料的価値をもつ。天橋立に位置する丹後国一ノ宮籠《この》神社宮司海部家に所蔵される。

（29）詳細は、拙著『浦島伝説と古代日本人の信仰』五―三五頁。

四　柿本人麻呂の七夕歌

『万葉集』には、「七夕」「七夕歌」と題詞をもち七夕歌であることを明示する歌が、一三二首収められている。これらの七夕歌は、「人麻呂とその周辺」「憶良とそれ以後」の二群に大きく分けられる。[1]「秋の雑歌　七夕」と題する九八首が、巻第十に載る。そのうち歌一九九六―二〇三三までの三八首は「人麻呂歌集に出る」とある。残る六〇首は出典不明である。

柿本人麻呂の生没年は未詳である。彼の歌から、天武・持統朝に活躍したことが知られる。和銅三年（七一〇）平城京遷都後の確実な作品は残らず、それ以前に死去したと思われる。人麻呂歌集中の七夕歌は、伝説に托された相聞歌なのであろうか。それとも異なる解釈がありうるのか。大伴旅人（六六五―七三一）より一世代前の人麻呂の歌から、たどってみたい。

1　中国伝説と比べる

七夕伝説が中国伝来であることは知られるところであるが、中国伝説では織女・牽牛という星名が、人麻呂歌集七夕歌においてはタナバタツメ・ヒコホシとなっている。タナバタツメ・ヒコホシ像は、以下のようである。

古《いにしえ》ゆ　上げてし服《はた》も　顧《かへり》みず　天《あま》の川津《かはづ》に　年ぞ経《へ》にける（二〇一九）

ここでは、タナバタツメは川端で機を織りながらヒコホシを待つ女性である。ヒコホシに逢えない悲しさのため機織が進まないまま一年が過ぎたと、タナバタツメの立場で詠う。

ひさかたの　天の川原に　ぬえ鳥の　うらなけましつ　すべなきまでに（一九九七）

天の川原で泣いているタナバタツメを気の毒に思う第三者が詠う一首である。ヌエはウラナクの枕詞になっているがトラツグミのことで、夜にヒョーヒョーと鳴く。ヒコホシに逢えないタナバタツメの悲嘆を如実に伝える。

己夫《おのつま》に　乏《とも》しき児《こ》らは　泊《は》てむ津の　荒磯《ありそ》まきて寝《い》ぬ　君待ちかてに（二〇〇四）

ここでは、タナバタツメはヒコホシを待ちかねて舟着き場の荒磯を枕にして寝ている。タナバタツメの夫を恋い慕う気持の激しさを詠う。

ヒコホシの立場からの歌を見ると、

天地《あめつち》と　別れし時ゆ　己《おの》が妻　かくぞ離《か》れてある　秋待つ我《われ》は（二〇〇五）

「天地の分れた時以来、離れ離れに暮らしている我が妻」は、「この世の初めから妻であった人」の意味を含む。その妻に会える秋を待っている、と詠う。

天の川　安《やす》の渡りに　舟浮《う》けて　秋立ち待つと　妹《いも》に告げこそ（二〇〇〇）

天の川の渡し場に舟を浮かべて、秋になって会いに行くのを待っていると妻に告げてほしい、とヒコホシは願う。川を渡るのは織女ではなく、ヒコホシである。

中国伝説と比べると、人麻呂が描くタナバタツメ・ヒコホシ像は大きく異なっている。中国伝説の織女星は、車を駆り立てて音もにぎやかに威風堂々と天の川を渡る。侍女たちは玉で飾った燭、あるいは美しい花を執る。織女は天の川をカササギが作った橋を渡ってわたる。(2)

人麻呂歌集七夕歌では、タナバタツメは川べりでひたすらヒコホシを待つ女性である。七月七日の夜、天の川を渡るのはヒコホシで、舟に乗ってタナバタツメに逢いに行く。

2　出典不明七夕歌と比べる

人麻呂歌集七夕歌を出典不明七夕歌と比べると、いくつか特徴が浮かぶ。

（イ）人麻呂歌集七夕歌において二星はタナバタツメ・ヒコホシと呼ばれるが、タナバタツメが用いられるのは二例のみ（二〇二七、二〇二九）、ヒコホシも二例のみ（二〇〇六、二〇二九）である。また、織女星を指す語としては、タナバタツメ以外に、ツマ・イモ・ヒト・ナなどが見られる。ヒコホシを指す語には、フネナルヒト・ヒト・キミなどが見られる。それに比べて、巻第十出典不明七夕歌では、織女星をタナバタと呼ぶ例は四首（二〇三四、二〇六三、二〇八〇、二〇八一）、タナバタツメと呼ぶ例は二首（二〇四〇、二〇四一）、ヒコホシは九例（二〇四〇、二〇四四、二〇四七、二〇五二、二〇五三、二〇七五、二〇七六、二〇八六、二〇九一）見受けられる。(3)

（ロ）人麻呂歌集七夕歌では、三八首中二〇首には七夕語彙がない。それに比べ、巻第十出典不明七夕歌では、六〇首中、七夕語彙をふくまない歌は一八首である。(4)

（ハ）人麻呂歌集七夕歌の三八首のうち一八首は、織女星と牽牛星が秋でない季節に離れ住むことを悲しむ歌である。これに対し、同じ巻十の出典不明七夕歌では、六〇首中、立秋以前の歌は三首に過ぎない。(5)

（イ）と（ロ）についてであるが、人麻呂歌集七夕歌で七夕語彙の定着がみられないのは、中国のタナバタ伝説を用い始めたごく初期の段階であったためと考えられる。(6)人麻呂歌集歌の年代については、稲岡耕二氏によって緻密な研究がなされている。(7)氏の推定は次のようである。

（a）表記や用字の特徴から人麻呂作歌と人麻呂歌集歌は同一人物によるものと想定できる。(8)

（b）歌集中の歌に、助詞が省略される傾向の強いものとそうでないものとがある。前者を略体歌、後者を非略体歌とよぶ。人麻呂作歌は歌集中の非略体歌よりさらに非略体的傾向が強い。

（c）略体歌は天武九年（六八〇）以前。非略体歌の筆録は天武九年以後、持統三年（六八九）以前。年代がはっきりと分る人麻呂の歌は、持統三年の草壁皇子の挽歌に始まる。

以上をまとめると、次のようになる。

歌集中略体歌　　天武九年以前

歌集中非略体歌　天武九年以後、持統三年以前
人麻呂作歌　　　持統三年以後

稲岡説は私には納得がいくもので、以下、これに従って考察を進める。人麻呂歌集七夕歌群は、歌二〇三一のみ略体歌で、他は非略体歌である。この歌群の中心部分は非略体歌であるから、天武九年以後、持統三年以前作と考えてよいであろう。

次に（ハ）についてであるが、歌集七夕歌の三八首のうち一八首は、織女星と牽牛星が秋でない季節に離れ住むことを悲しむ歌である。(9) 七月七日を歌うことが相対的に少ない。それはなぜなのか。人麻呂は自らの想いを牽牛星に託していると思われるが、彼がいとおしく思い、離れ住まねばならぬことを悲しむ相手は、誰であろうか。歌集七夕歌が作られた時代背景において眺めると、単純に女性を恋い慕う歌とは考えられない節がある。

3　人麻呂が奉じた神

『姓氏録』大和国皇別によると、柿本朝臣は大春日朝臣と同祖とされる。さらに摂津国皇別によれば、大春日朝臣と丸邇部は同祖である。『古事記』『日本書紀』はともに、丸邇氏の祖をタケフルクマとする。三章で少しふれたように、この人物は『海部氏系図』にその名を見せる。人麻呂と海部氏は同族ということになる。『海部氏系図』によれば、海部氏の始祖は彦火明命で、養老三年（七一九）三月二二日に籠宮《このみや》に天下った、とある。「彦火明命」は『古事記』に登場しない神名である。養老四年（七二〇）成立の『日本書紀』に初めて登場する。タケフルクマの時代から存在した一族の始祖神が七一九年になって天下るという矛盾が生じるのは、朝

廷の介入があったためであろう。

七一九年以降、タケフルクマを先祖とする丸邇氏一族は彦火明命を祀るようになったと思われる。七一九年以前は、籠《この》神社ではどのような神が祀られていたのであろうか。

『海部氏系図』では、タケフルクマ以降、その子孫は「海部直＋名」となっている。ところが伍佰道《いほぢ》の代になると、「海部直伍佰道＋祝」へと変わる。一国の国造であったものが、朝廷によって「祝」という神職に任じられている。『海部氏系図』の附《つけたり》「勘注系図」には、伍佰道の在任中、戊申年春正月七日に豊受大神が久志比の真名井原の籠《こ》の川辺に天下り給うたので、神籬《ひもろぎ》を起こして奉祭した、そこでこれを籠宮《このみや》という、と記されている。

伍佰道について、本系図には「乙巳より養老元年まで、三五年奉仕」(10)と注記がある。養老元年（七一七）前の乙巳年は七〇五年もしくは六四五年である。七〇五年であれば、七一七年までは、三五年に満たない。伍佰道が祝に任じられたのは、六四五年の乙巳であろう。乙巳の変が起こった年である。豊受大神が天下ったとされる戊申年は、六四八年と七〇八年の可能性があるが、前者であろう。朝廷は伍佰道を六四五年に祝に任じたのち、程なく六四八年に、祝が新たに祀るべき神として豊受大神を定めたと考えられる。(11)

大化元年（六四五）一二月の孝徳天皇の詔は後世になってから修正が加えられたもので、『日本書紀』に記されるとおりではなかったかもしれないが、私地私民の廃止が大王家の意図であったことに変わりはないだろう。中央集権化のため、朝廷はそれまで豪族たちが保持していた統治権・祭祀権を掌握する必要があった。孝徳が「仏法を尊び、神道《かみのみち》を軽んじた」という『日本書紀』の記事は、仏教を推進し、豪族たちが奉じた神祀りを支配下に収めようとする朝廷の政策を反映すると思われる。

豊受大神を祭神と定められる以前から海部氏が祀った神があったに違いないが、その神には名前はなかったであろう。神々のなかの一柱ではなく、始祖である唯一の至高神に固有名詞は必要がない。

4　離れ住む悲しみ

豊受大神を祀る以前、海部氏はどのような神を祀ったのだろうか。『丹後国風土記』逸文に、日本最古の浦島伝が記されている。逸文の記事から、『丹後国風土記』成立以前に、伊預部馬養《いよべのうまかい》という人物が書いた話があったとわかる。

馬養は名もない人ではなかった。持統三年（六八九）に撰善言司《よきことえらぶつかさ》に任じられたことが、『日本書紀』に記されている。漢詩集『懐風藻』に収められる彼の詩には、「皇太子学士従五位下伊与部馬養。一首。年四十五」とそえられており[12]、皇太子教育の職にあったこと、享年が四五歳であったことがわかる。文武四年（七〇〇）、藤原不比等、伊吉連博徳《いきのむらじはかとこ》らとともに大宝律令の選定に選ばれている。大宝二年（七〇二）頃に死亡したらしい。丹波国の国守であったのは文武元年（六九七）から文武三年頃までで、浦島伝を書き下ろしたのはこの時期であろう。和銅六年（七一三）に丹波国が丹波国と丹後国の二国に分割される以前のことである。現在逸文として残っている形は、伊預部馬養が書いた本文に歌謡部分を加えて、七一五年頃に提出されたものであろう[13]。

風土記逸文中の主人公の名は「嶼子《しまこ》」である。その話は、一般に知られている昔話「浦島太郎」とは少し異なる。三章にも記したように、主人公嶼子《しまこ》は丹後半島一円を治める人物である。海神の神女に出会い、海の宮殿で結ばれるが、故郷に戻りたくなる。故郷に戻ったシマコは神女からもらった箱を開いてしまい、ふたたび神女に会えなくなる、という筋書きになっている。丹後半島一体を治めた首長が奉じたのは、海神の神女であったと考えられる。

小学唱歌「浦島太郎」によれば、太郎は亀を助けたから報いをうけたことになっている。しかし風土記逸文では、神は人間が善行をしたから近づいてくるのではない。ただ人と親しくなりたくて、近づく。失意にある男にとって、美しくてやさしい女性のような存在とされる。しかし、シマコがもらった玉箱を開いたため、神女の魂は飛び去ってしまい、匣は空になり、ふたたび神女に会えなくなる。尋常小学唱歌には「心細さにふた取れば／開けてくやしや玉手箱／中からぱっと白煙／たちまち太郎はおじいさん」とあって、浦島は箱を開いて老人になってしまうが、風土記逸文では急に老人になったとはされていない。因果応報の物語ではない。

この話は単なる伝説ではない。丹波国の一族が信じた神についての神話である。シマコと結ばれた神女は、伊預部馬養が信じた神でもあった。『姓氏録』右京神別下によれば、馬養は火明命の子孫とされる。『海部氏系図』が始祖とする神である。大化四年（六四八）から彦火明命が祀られる養老三年（七一九）まで、籠宮では豊受大神が祀られていた。その神は丹波国一族が崇めた神女ではなかった。馬養にとって、神女の魂はそこにはない。神女の魂が飛び去ってしまい、空になった匣はそれを暗示するだろう。


先に述べたように、人麻呂歌集七夕歌群の中心部分は非略体歌であるから、天武九年（六八〇）以降、持統三年（六八九）以前作とすると、丸邇氏が独自の祭神を失い、籠宮では豊受大神が祀られていた時期である。馬養と同じく丸邇氏であった人麻呂にとっても、神殿は空である。

人麻呂は自分たちの奉じる神を祀ることができない悲しみを、七夕歌に託して詠っているのではなかろうか。シマコ伝説を記した馬養と同族の人麻呂が奉じたのは女神であったと考えられる。人麻呂は、自分たちの奉じる神をタナバタツメに、丸邇一族をヒコホシに仮託するのではないか。歌集七夕歌群の半数近くが、七月七日以前の時を題材とし、秋でない季節に離れ住むことを悲しむ歌なのは、それを暗示すると思われる。ヒコホシばかりでなく、タナバタツメも悲しむ歌の背後には、奉じる神を祀れない一族ばかりでなく、神もまた悲しんでいる、ととらえる信仰があるのだろう。

5　年に一度の逢瀬

一族が従来の神を祀れなかった時代に人麻呂が七夕歌を作ったとすると、タナバタツメとヒコホシが年に一度出遭いが許される七月七日は、どのような意味合いをもっていたのであろうか。その夕べにのみ、一族は従来の神を祀ることができたのか。

（1）七月七日

一年《ひととせ》に　七夕《なぬかのよ》のみ　逢ふ人の　恋も過ぎねば　夜《よ》は更《ふ》け行くも（二〇三二）
月重《かさ》ね　我《わ》が思ふ妹《いも》に　逢《あ》へる夜《よ》は　今し七夕《ななよ》を　継《つ》ぎこせぬかも（二〇五七）

上記の例に見るように、『万葉集』では歌中用いられる「七夕」は、ナヌカノヨ・ナナヨとか訓まれる。題詞や左注に用いられる「七夕」「七夕歌」は、七月七日の夜という時を指すと考えられ、訓読されたのなら「ナヌカノヨ」「ナヌカノヨノウタ」と訓まれたであろう。「シチセキ」「シチセキカ」と音読された可能性もある。[14] 出典不明七夕歌で長歌二〇八九に「七月七日之夕」とあり、「ふみづきの　なぬかのよひ」と訓まれる。七月七日は、星祭が行われる以前から日本の習俗と結びついていた可能性が考えられる。

中国では、一月一五日（上元）、七月一五日（中元）、一〇月一五日（下元）の三元の祭日が、魏晋南北朝期（一八四―五八九年）に成立したことが知られている。これについて、小南一郎氏は「三元の行事を生みだす基礎になった古い伝承として、一月の七日から一五日までと、七月の七日から一五日までとの、二つの期間で行われる、半年サイクルの儀礼があったと想定する」と述べ、そのような推定を裏付ける資料をあげておられる。[15]

中国の上元・中元の風習がいつごろ日本に伝来したのか確かではない。『日本書紀』には、斉明三年（六五七）七月一五日に、盂蘭盆会が営まれた記録がある。『仏説盂蘭盆経』に、釈迦十大弟子の一人である目連尊者が餓鬼道に堕ちた亡母を救うために、釈迦に教えられ、七月一五日に僧たちに供養を行ったところ、母にも供養の施物が届いた、と説かれている。盂蘭盆では、僧たちへの供養であるのに比べ、日本の盆祭は祖先への供養である。日本においては、盂蘭盆の行事が大陸から伝来する以前、民間ではすでに旧暦の正月と七月は対になった祖霊祭の時であったと推定されている。[16] 七月の先祖祭は仏教の盂蘭盆と習合されて、代々伝えられ、一般に以下のような行事として守られる。

一日には盆道などがつくられ、七日には祭場が清められ物忌に入る。そして十三日に花、火、水などに託して山や墓からは祖霊を迎えて供養したうえで、十五日に再度送り返すのである。なおその際とくに子孫たちが、祖霊を共同でまつることによって家族、同族さらには村人の相互のつながりが確認され、それが盆踊

りなどを通して強い連帯意識となっていくのである。(17)

七月七日は「七日盆」とも呼ばれ、盆始めの日とされる。(18)『万葉集』中の「ナヌカノヨ」「シチセキ」は、祖霊祭の始まりの夕べであったのではなかろうか。

（2）「タナバタ」

人麻呂歌集七夕歌では、以下の二首がタナバタツメを用いるが、タナバタという呼称は用いない。

我がためと　織女《たなばたつめ》の　そのやどに　織る白たへは　織りてけむかも（二〇二七）

天の川　梶《かじ》の音聞こゆ　彦星《ひこほし》と　織女《たなばたつめ》と　今夜《こよひ》逢ふらしも（二〇二九）

人麻呂は「タナバタツメ」の表記として「織女」を用いている。タナバタツメは、タナバタ＋ツ（「の」を意味する連体助詞）＋メ（＝女性）からなる。タナバタという用語が、作歌以前にすでに存在したことを示す。では、タナバタは何を意味するのであろうか。

巻第十の出典不明七夕歌では、六〇首中、二首が織女を指してタナバタツメを用い、四首はタナバタとよぶ。タナバタツメを用いる歌は、

牽牛《ひこほし》と　織女《たなばたつめ》と　今夜《こよひ》逢ふ　天の川門《と》に　波立つなゆめ（二〇四〇）

秋風の　吹き漂《ただよ》はす　白雲は　織女《たなばたつめ》の　天つ領巾《ひれ》かも（二〇四一）

タナバタを用いる歌は、以下の四首である。

棚機《たなばた》の　五百機《いほはた》立てて　織る布の　秋去り衣《ころも》　誰か取り見む（二〇三四）
天の川　霧立ち上《のぼ》る　棚幡《たなばた》の　雲の衣《ころも》の　反《かへ》る袖かも（二〇六三）
織女《たなばた》の　今夜《こよひ》逢ひなば　常のごと　明日《あす》をへだてて　年は長けむ（二〇八〇）
天の川　棚橋《たなはし》渡せ　織女《たなばた》の　い渡《わた》らさむに　棚橋渡せ（二〇八一）

出典不明七夕歌中では、タナバタはタナバタツメの略称として用いられている。そのタナバタの表記に、棚機・棚幡・織女を用いる。「織女」は中国伝説をそのまま取り入れた語、「棚機」は「棚のある織り機を用いて織物をする女性」の意味であろう。「棚幡」はどうであろうか。「棚に取り付けられた幡の女性」を意味する可能性があるのではないか。

「棚幡」を用いる歌二〇六三は、立ち上る霧をタナバタの衣の袖に見立てている。白く棚引く霧をタナバタの衣の袖に見立てるのは、白く細長い布をタナバタの依り代とする前提があるためではなかろうか。歌二〇四一もこれに似る。白い雲がタナバタツメのヒレに見立てられている。ヒレは、古代、女性が首にかけ左右に垂らして用いた細長い布である。この歌にも、白く細長い布をタナバタツメの依り代とする前提がある。

人麻呂歌集中の歌二〇二七は、タナバタツメの機織が進んでいるだろうかとヒコホシが思いやる心を示す一首であるが、「織る白たへは」とあって、タナバタツメと白く長い布との結びつきを見せる。『肥前国風土記』基肆《き》の郡、姫社《ひめこそ》の郷《さと》についての説話は、織女とハタとの結びつきをみせる。(19) 以下は、そのあらすじである。

昔、この郷を流れる山道川《やまじかわ》の西に、荒ぶる神がいて、通行する人が大勢殺された。なぜ祟るかを占うと、「筑前国宗像の人、珂是古《かぜこ》に、われの社《やしろ》を祭らせよ」と言ったので、珂是古を探し、神の社を祭らせた。珂是古は幡《はた》を捧げて祈って、「この幡は風の吹くままに飛んで行って、私をほしがっている神のあたりに落ちよ」と言うやいなや、幡を高く挙げて、風の吹くままに放した。その幡は飛んで行って、御原《みはら》の郡姫社《ひめこそ》の社に落ち、また飛んで帰って山道川のほとりの田村に落ちた。珂是古は神のいらっしゃる所を知った。その夜、夢に、臥機《くつびき》と絡垜《たたり》とが舞い遊びながら出てきて、珂是古の体を押さえて目をさまさせるのを見た。機織の道具が現れたことから、その神が織女神とわかった。そこで社を立てて祭った。それから通行の人は殺されなくなった。これによって姫社といい、今それを郷の名としている。

内容を見ると、幡が神の依り代とされている。その神は水辺にいる神で、織女神とされる。原文の「織女神」は、どう訓まれたのであろうか。『肥前国風土記』が成立した時代に人麻呂の七夕歌が知られていたとすれば、「タナバタツメの神」となる。『肥前国風土記』の成立については、天平四年（七三二）八月以後、一一年（七三九）末以前と推定する説が参考になる。(20) 説話が書き留められたのは人麻呂の歌より時代が降るが、伝承として語られていたのは人麻呂の時代に遡ると考えてよいだろう。

ヒレやハタは、いずれもヒラヒラとひるがえる形状に基づく語である。そのような形状に、古代の人々は霊の活動を感じ取ったのであろう。(21) 盆には盆棚や精霊棚を作って、そこに祖霊の魂を迎える。盆棚や精霊棚にタナバタツメ・タナバタの依り代である白い布を下げて、祖霊を招こうとする習俗があったと考えられる。(22)

人麻呂が七夕歌を作る以前から、白く細長い幡を依り代とする女神の信仰があったのではなかろうか。その女神を、人麻呂はタナバタツメと呼ぶのではないか。祖霊祭には先祖の霊を招いて祀る。先祖とは両親・祖父母・曽祖父などであろうが、それにもまして、いのちの与え主である始祖の神であっただろう。自分たちのいのちの源を祀るのが祖霊祭であろう。それは一家族だけでなく、一族共同体にとっての祭であっただろう。共同体の連帯意識が高まるときであったと考えられる。

丸邇一族が元来祀っていた神を祀ることが許されなくなった時にも、祖霊祭として始祖神を祀ることはできたのではなかろうか。七月七日の盆始めは、一族の始祖と崇める女神の出逢いが許される唯一の時であったのではないか。

6　持統三年までの作歌

人麻呂の七夕歌の内容が祖霊を祀れない嘆きであったとすると、それは朝廷の神祇政策に対する不満の表明でもある。このような歌を詠い続けることが、当時許されたのであろうか。

(1)　天武九年

人麻呂歌集歌の年代推定の手がかりに用いられるのは、歌二〇三三である。

天漢《あまのかは》　安川原《やすのかはらに》　定而《さだまりて》　神競者　磨待無

下句の訓は定まっていない。この歌の左注に、「此歌一首庚辰年作之」とある。「庚辰年」は天武九年（六八〇）か天平一二年（七四〇）かになる。『万葉集』内の紀年の様式を分類し、干支年のみの「庚辰年」という記載は天平の紀年ではないと推定した論考がある。(23) 人麻呂が天平一二年以降に作歌したとも考えがたく、天武九年説が妥当と思われる。

人麻呂歌集七夕歌群が天武九年（六八〇）以後、持統三年（六八九）以前の作とすると、人麻呂は、何をきっかけに天武九年に七夕歌を作り始めたのであろうか。

『日本書紀』天武八年正月七日条には、「正月の節に当たって、諸王・諸臣・百官は、兄姉以上の親族及び自分の氏長《うじのかみ》を除き、それ以外を礼拝してはならない。諸王は母であっても王《おおきみ》の姓でなければ礼拝してはならない。諸臣もまた自分より身分の低い母を礼拝してはならない。正月の節に限らず、これに従え。もし違反する者があれば、ことに応じて処罰する」との詔があったことが記されている。

天武八年条は、正月の節に親族を拝する習俗があったことを示す。この日、人々は遠く離れて住む家族も郷里に帰って、祭に加わったのであろう。「正月の節」は上元に当たる。中国の上元・中元の風習が大陸から伝来する以前、民間ではすでに旧暦の正月と七月が対になった祖霊祭の時が日本にあったとすると、朝廷は諸王・諸臣・百官に正月の節会を自由に守ることを禁じたと思われる。天武八年の詔は、身分制度の強化であると同時に、一族の結束を妨げる効果があったであろう。正月の祖霊祭が阻害されるようになると、七月の祖霊祭だけが残る。

天武九年二月二五日には、律令選定の詔が出されている。『続日本紀』文武元年（六九七）二月二八日条に、「正月に人々が往き来して拝賀の令を行うことを止めさせた。もし違反する者があれば、浄御原令によって処罰する。ただし、祖父・兄・氏上《うじのかみ》である者に対しては拝賀することを許した」とある。

（2）持統三年

持統三年（六八九）以降、人麻呂の歌は作歌年代が明らかになる。年代が確実な歌としては、持統三年の草壁皇子の挽歌（一六七―一七〇）、持統五年の川島皇子の殯宮のとき泊瀬部皇女に捧げた歌（一九四―一九五）、持統一〇年（六九六）の高市皇子の挽歌（一九九―二〇二）、文武四年（七〇〇）の明日香皇女の挽歌（一九六―一九八）などがある。その他にも、『万葉集』配列順序から推して、持統四年作と推定される吉野行幸に際する歌（三六―三九）、持統六年三月の伊勢行幸に際して詠んだ歌（四〇―四二）、持統六年以降、八年一二月藤原宮遷居以前に軽皇子の安騎野遊猟に供奉したおりの歌（四五―四九）などがある。しかし、持統三年以降、七夕歌は作られていない。持統三年は、どのような年であったのだろうか。

持統三年二月、藤原朝臣史《ふひと》が判事に任じられている。四月、皇太子草壁が薨じる。六月、浄御原令を諸司に頒布する。八月条には「百官は神祇官に会衆して」とあり、「神祇官」の初出である。これ以前は神官であったものが、浄御原令によって改められたのであろう。

浄御原令では、天武朝からおかれていた太政官に神祇官が並ぶようになる。閏八月、朝廷は戸籍の作成を命じ、それに基づいて兵士を徴発する制度を定める。四年正月、皇后の天皇即位に際して、「神祇伯中臣大島朝臣が天神寿詞《あまつかみのよごと》を読んだ」とある。中臣大島は藤原不比等のまたいとこに当たる。神祇伯という官職名は浄御原令にはなく、後世の追記かとされるが、それにしても藤原一族が神祇に深く関わっている事実を示す。

天武朝と持統朝の七月七日に関する『日本書紀』の記述を見ると以下のようである。

天武四年七月七日　大伴連国麻呂らを新羅に派遣
持統四年七月七日　有位の者は家で朝服を着て参上せよとの詔
持統五年七月七日　吉野宮で公卿に賜宴
持統六年七月七日　公卿に賜宴
持統七年七月七日　吉野宮に行幸
持統一一年七月七日　盗賊一〇九人に恩赦

天武朝では七月七日の記事は一件のみで、大伴連国麻呂を大使として新羅に派遣したことが記される。それに比べて持統朝には四年から七年まで、毎年、七月七日に関する記事がある。

持統四年は持統が即位した年である。四月に官人が朝廷に出仕する際に着用する朝服の色を冠位に応じて定めている。七月七日には、有位の官人は家で朝服を着用し、宮門の開かないうちに参上させよ、との詔が出された。一四日には、絁《あしきぬ》・糸・絹・布を、安居《あんご》を行った七寺の僧三千三百二十九人に施された。別に、皇太子のために安居を行った三寺の僧三百二十九人に施しをされた、との記事がある。安居は夏の間、四月一五日から七月一五日まで僧たちが行う修行である。僧たちへ施物がなされる、仏教的な盂蘭盆会の供養である。伝来の祖霊祭とは異なる色合いを見せる。

五年七月三日に吉野宮に行幸し、七日に公卿を招いて宴会を催し、朝服を賜る。一二日に帰京する。従来の祖霊祭は、一家族だけでなく、一族共同体が集い、祖霊を招いて祀るときである。天皇の宴に招かれた公卿たちは、当然、自分たち一族の集いに参加することができない。一族が集い祖霊を招く祭事は、氏族共同体の連帯意識が高まるときでもあっただろう。正月の節会が制限されると、それは氏族共同体にとって残された唯一の祭事である。それを阻む意図があったのではなかろうか。

六年、天皇は七月七日に公卿を招いて宴会を催し、九日に吉野宮に行幸、二八日に帰京している。七年、七月七日に吉野宮に行幸し、一四日と一六日には、大夫《たいふ》・謁者《えつしゃ》を遣わして諸々の神社に詣でて雨乞いをさせている。天皇は一六日に帰京する。

一一年には、七月七日の夜中に盗賊一〇九人に恩赦を与えている。その後、八月一日に天皇は譲位する。恩赦は、盂蘭盆会の供養に類するものであったか。譲位後も大宝元年（七〇一）、持統太上天皇は六月二九日に吉野へ行幸、七月一〇日に藤原宮に戻っており、七月七日は吉野にいたことになる。

持統三年以降の七月七日に関する『紀』の記述からは、従来の祖霊祭が別の色合いに染められつつある過程が読み取れる。

（3）「告思者」

人麻呂歌集中の歌二〇〇二に、

八千桙《やちほこ》の　神の御代《みよ》より　乏《とも》し妻　人知りにけり　告思者

とある。「八千桙の神」は、文字通りに「多くの武器を持っている神」と解することができるし、「神代の初めから」といった起源の古さが強調されているとも取れる。「八千桙の神」は、『古事記』では大国主神の別名とされる。妻の須勢理毘売命《すせりひめのみこと》に授けられたヒレを使って蛇を静めた逸話が記されている。人麻呂歌集は『古事記』以前にまとめられているが、『古事記』に記される逸話が人麻呂時代にすでに伝承されていたとすれば、「八千桙の神の御代より」の妻は、ヒレを依り代とする女神を暗示することが考えられる。

「乏し」は「求めたい・それを得たい」などを意味する。「乏し妻」は「逢うことがまれな妻」というより、「愛しい妻」の意のほうが強いのではないか。「八千桙の神の御代より乏し妻」は「神の御代より逢うことがまれな妻」というより、「神代の初めから存在した愛しい妻」を意味するだろう。

「人知りにけり」の「人」とは、他の人々の意であろう。原文「告思者」を「継《つ》ぎてし思へば」と訓み、「思い続けたので、他の人たちの知るところとなった」と解するのが通説である。

ツギテシ　vs.　ツゲテシ

通説に対して、渡瀬昌忠氏は「告《つ》げてし思へば」の訓を提起された[24]。人麻呂関係歌において「継ぐ」と「告ぐ」との語表記が混同されることがないことを例示の上、「告思者」は「告げてし思へば」と訓み、「告げて思うので」と解すべきとされる。歌意としては、牽牛星が月人壮子《つきひとおとこ》を織女星への使いに遣って思いを告げたために、月人壮子が「乏し妻」を知って恋をすることになった、と解読される。

渡瀬説に対して、鉄野昌弘氏が加えられた論考がある[25]。氏は、「語り継ぐ」ことは「語り告ぐ」ことによるのであって、「継ぐ」と「告ぐ」の差異はまことに小さく、通説に従ってツギテシと読むべきである。また、この歌を牽牛の立場の歌とせず、織女の詠として、自分が、神代の昔から逢うことまれな人妻であることを余りにいつも物思いに耽っているために人に知られてしまった、と解すべきであろうとされる。

この歌の詠者を、月人壮子とする渡瀬説、織女とする鉄野説のどちらも一理あるものの、釈然としないものが残る。

鉄野氏は、その論の前提に、以下を指摘されている。人麻呂歌集七夕歌三八首のなかに、「告」が現れる歌が歌二〇〇二以外に六首ある。

我《あ》が恋を　夫《つま》は知れるを　行く舟の　過ぎて来《く》べしや　言《こと》も告げなむ（事毛告火）（一九九八）
天の川　安《やす》の渡りに　舟浮《う》けて　秋立ち待つと　妹《いも》に告げこそ（妹告与具）（二〇〇〇）
彦星は　嘆かす妻に　言《こと》だにも　告げにぞ来《き》つる（告尓叙来鶴）　見れば苦しみ（二〇〇六）
ぬばたまの　夜霧に隠《こも》り　遠くとも　妹《いも》が伝へは　早く告げこそ（速告与）（二〇〇八）
天の川　い向かい立ちて　恋《こひ》しらに　言《こと》だに告げむ（事谷将レ告）　妻問《つまど》ふまでは（二〇一一）
よしゑやし　直《ただ》ならずとも　ぬえ鳥の　うらなけ居《を》りと　告げむ子もがも（告子鴨）（二〇三一）

これに対して、巻十の出典不明歌六〇首中、「告」は次の一例に過ぎない。

秋風の　吹きにし日より　天の川　瀬に出《い》で立ちて　待つと告げこそ（告許曾）（二〇八三）

これも、人麻呂歌集七夕歌二〇〇〇と発想を等しくしていて、その影響を受けている。憶良や家持を初めとする奈良朝の歌人による七夕歌にも「告」字は現れず、ほぼ人麻呂歌集七夕歌に独占されていると言える。そして、それは人麻呂歌集七夕歌に独自の抒情を担う言葉と思われる。

以上が、鉄野説の前提となっている、的を射た指摘である。もし「告」が人麻呂歌集七夕歌の独自の抒情を担う語とすれば、その解釈を歌二〇〇二にも当てはめるべきではないか。人麻呂は歌二〇〇二の「告」にのみ「継ぐ」の意味を含ませたのではなく、他の六首と同じ意味で用いたと考えるほうが自然であろう。

歌二〇〇二の類歌が、人麻呂歌集にある。

道の辺《へ》の　いちしの花の　いちしろく　人皆《みな》知りぬ　我《あ》が恋妻《こひづま》は（二四八〇）

〈或本の歌に曰く「いちしろく　人知りにけり　継ぎてし思へば（継而之念者）」〉

歌二四八〇の異伝歌では、「継而之念者」は「続けて思うものだから」の意で用いられており、通説の根拠となっている。だからといって、歌二〇〇二の「告」が同じ意味で用いられると結論できないだろう。翻って、「継」の字を用いることもできた人麻呂が、歌二〇〇二では「告」を用いたのは、それなりの理由があったと考えることもできる。

「告」については、私は渡瀬説に従う。しかし詠者については、月人壮子とは考えられない。牽牛星が月人壮子を織女星への使いに遣って思いを告げた、という筋書きが、人麻呂歌集七夕歌からそれほどはっきりと浮かび上がってこないためである。詠者は、通説どおり、彦星として考えを進めたい。

誰に告げるのか

歌二〇〇二の詠者は彦星であろうが、祖霊祭であった七夕を歴史的背景にしてこの歌を読むと、彦星の恋歌に託された人麻呂の想いがあるのではないかと考えられる。とすると、人麻呂は誰に告げるのであろうか。

（a）先ず、考えられるのは、同族の人々である。『万葉集』中、天平八年（七三六）に新羅に遣わされた使人の歌として、「七夕の歌一首」が収められている。

大船《おおぶね》に　ま梶《かじ》しじ貫《ぬ》き　海原《うなばら》を　漕《こ》ぎ出て渡る　月人《つきひと》をとこ（三六一一）

左注に「右、柿本朝臣人麻呂が歌」とある。(26) 七月七日の上弦の半月が天の海原を梶をいっぱい通し渡っている。自分たちの渡海も無事であるようにと、使人たちは人麻呂の歌を用いて願うのであろう。

この一首は、七夕に月が力強く渡っていると詠うが、人麻呂がこの歌に含ませているのは、月人男は一年中無事に天の海原を渡ることができるのに比べ、自分は一年に一度しか渡ることができないという、彦星に託した自身の悲しみであろう。

歌三六一一の例から、人麻呂の歌が人々に知られ口ずさまれていたと推測される。七夕が今日のように幼稚園や限られた地域で行われる年間行事ではなく祖霊祭であったとすると、一族のいのちの源である始祖神と、そのいのちを繋いでくれた先祖たちを祀る神事である。その折に詠まれる歌は、祈りのような意味をもったのではないか。神事のあとの宴《うたげ》のさいに詠まれたとしても、それは直会《なおらい》であって、ただの飲み食いの場ではない。詠まれる歌も、自ずから祖霊祭とつながりをもつであろう。人麻呂の七夕歌は異性に呼びかける相聞歌ではなく、先祖・祖霊に捧げられた歌であったのではないか。人麻呂が、始祖神を慕う心と、その神を年に一度しか祀ることが許されない悲しみを、その歌に含ませたと推測される。

人麻呂の歌は、七夕の祖霊祭に一族の人々が集まった場で朗誦されたのであろう。祭事の場で「告」げられた人麻呂の歌は、同席した人々の知るところとなったと考えられる。彼の歌は、祈りの文言のように、祭に参加した一族の人々の口の端にのぼり、歌い続けられたのであろう。

（b）人麻呂の想いを内包する歌は、一族の人々ばかりでなく、部外者にも知られるようになったに違いない。祖霊祭は氏族共同体の意識が高まる時である。その場で詠われる祖霊を祀れない嘆きは、朝廷の神祇政策に対する不満の表明でもある。持統三年以降、七夕に毎年のようにあった吉野への行幸は、それを阻むのが目的であったのではなかろうか。朝廷側としては、七夕の祖霊祭としての色合いを変えることと、「告」げる場を人麻呂から奪う必要があったのではないか。

天皇が吉野へ行幸した際、宴会を催したと記されない年もある。宴会でなかったとしても、行幸であれば随行する官人たちがいたであろう。彼らは自分たちの一族の祭事に参加できなくなる。人麻呂も供奉を命じられれば、当然、一族の祭事から引き離されることになる。歌三六―三九は、題詞に「吉野宮に幸《いでま》せる時に、柿本人麻呂が作る歌」とあるが、歌三九の左注には、どの月に従駕《じゅうか》して作ったものか分らない、とある。人麻呂が一度ならず供奉したらしいことを思わせる。

天武天皇の皇太子時代の名は大海人《おおしあま》で、その扶養氏族は凡海連《おおしあまのむらじ》であった。凡海連は丹波国の一族で、タケフルクマの子孫として、『海部氏系図』にその名をみせる。天武朝には、人麻呂は一族の奉じる神を年に一度しか祀ることができない嘆きを、少なくとも歌にすることが許された。しかし、持統三年以後、人麻呂は皇子や皇女の挽歌などを作っているが、七夕歌は残していない。

ま と め

中国伝説と比べると、人麻呂が描くタナバタツメ・ヒコホシ像は大きく異なっている。中国伝説では、織女星は天の川にかかるカササギが作った橋を車を駆り立てて威風堂々と渡る。侍女たちは玉で飾った燭、あるいは美しい花を執る。それに比べ、人麻呂歌集七夕歌では、七月七日の夜、天の川を渡るのはヒコホシで、舟に乗ってタナバタツメに逢いに行く。タナバタツメは川べりで、ひたすらヒコホシを待つ女性である。

人麻呂歌集七夕歌を出典不明七夕歌と比べると、歌集七夕歌では、七夕用語が定着していない。七夕伝説の導入初期であったためと考えられる。差異のもう一つは、人麻呂歌集七夕歌の三八首のうち一八首は、織女星と牽牛星が秋でない季節に離れ住むことを悲しむ歌である。人麻呂歌集七夕歌の半分が、二星が離れ住む悲しみを詠っている。それに対し、同じ巻十の出典不明七夕歌では、六〇首中、立秋以前の歌は三首に過ぎない。

先学の推定に従って歌集七夕歌の作られた時期を天武九年から持統三年とし、その時代背景を見ると、天武九年は浄御原令の選定の詔が出された年、持統三年は浄御原令が頒布された年である。天武八年正月に出された詔によって、正月節に制限が加えられている。七夕伝説の伝来以前から日本には一年を二期に分け、前期の始まりを正月、後期の始まりを秋（旧暦）の初めとし、祖霊を迎え祀る習俗があったとすると、正月の節会が制限されたことになる。

丸邇一族は、大化の変以来、従来彼らが祀っていた神を失っていた。彼らが祖先神を祀ることが許されたのは、正月と七月の祖霊祭だけであっただろう。正月の祖霊祭が制限されると、残るのは七月だけになったのではないか。祭は満月に行われたであろうから、その準備は月が上弦になる七日頃に始められたであろう。七月七日は、丸邇氏であった人麻呂にとって祖霊祭の日であったのではないか。その日だけにしか自分たちが奉じる神を祀ることができない悲しみが、彼の七夕歌に込められていると考えられる。

人麻呂の七夕歌は一族の人々に知られ詠い続けられたばかりでなく、朝廷も知るところとなったのであろう。彼の詠う悲しみは、朝廷の神祇政策批判を含む。彼が歌を詠んだ場は七夕の祖霊祭であった。氏族の共同体意識の高まる時である。持統朝における七夕関連記事は、朝廷側に祖霊祭を変質させる意図があったことをうかがわせる。持統三年以降、人麻呂が七夕歌を作っていないのは、朝廷による介入があったためであろう。

（付記）

盆祭りについて、民俗学的な研究ではなく、祭る者の心情を記す文に最近出合った。著者は長岡藩家老の娘であった杉本鉞子で、父が亡くなった翌年の新盆について記したものである。

盂蘭盆はご精霊様をお祀りする日で、数々の年中行事の中で、一番親しみ深いものでありました。ご先祖様はいつも家族のことをお忘れにならないものと思い、年毎にみ魂をお迎えしては親しみを新たに感じさせられるのでありました。（略）

準備のため、数日間は家中のものがたち働きました。爺やと下男は庭木に鋏を入れ、生垣を刈り整え、お

庭はもちろん、床下まで掃き清め、庭石を洗いました。（略）家中は屋根の上から床下まできよめられるのでありました。（略）

たそがれ時にはみ魂をお迎えしますので、日の入り前にすっかり用意をすませました。お精霊様のお姿を拝んだことはありませんが、何処とも知れぬ暗黒の死の国から、白馬にまたがっていらっしゃるものと、いい伝えられております。（略）

（黄昏になり）街中が暗く静まりかえり、門毎に焚く迎え火ばかり、小さくあかあかと燃えておりました。低く頭をたれていますと、まちわびていた父の魂が身に迫るのを覚え、遥か彼方から、蹄の音がきこえて、白馬が近づいてくるのが判るようでございました。迎え火の燃えつきるその瞬間、八月のあたたかい夕風が頬をかすめますと、私の心の中にはなごやかな思いがしのびよるのでございました。（略）

それからつづく二日は街中がお燈籠で満ち満ちました。銘々誰でも盆燈籠を手にし、家々は燈籠で飾られ、通りには燈籠が連ねられました。日暮になりますと、墓地という墓地には草燈籠に灯がともされ、まるで群れをとぶ蛍にも似た眺めでございました。この日こそ、日本中が和んで、だれも魚や鳥や虫けらをさえ殺すことを致しませんでした。（略）

十六日の（略）暁の光がほの白い燈籠の灯にとけあう頃おい、一家集まって、お精霊様にお別れをいたしました。（略）（み送舟を作って、送り火をともし、川岸につきますと）もうそこにはみ送舟を流す人々がたくさんつめかけておりました。（略）あたりの明るむにつれ、浮きつ沈みつ、小さな蓆舟が流れ流れてゆく様を、はっきりとみとることが出来ました。朝日がいよいよ光を増し、山の端をのぼりきる頃、川辺に頭をたれた人々の口からは静かにふかい呟きがおこるのでございます。

「さようなら、お精霊さま、また来年も御出なさいませ。おまち申しております。」

人々は群れをはなれ、銘々、満足げな面もちで家路をさして急ぎました。

母も私も、浄福とでも名附けたい、穏やかさを胸に湛えて、川辺を立ち去りました。（略）お盆を迎えて以来、にこやかにみえた母の面には、父を見送った後も、以前のような憂わしげな色は戻っては参りませんでした。それをみるにつけましても、父は、私どものところへ参って慰め、また舟出をされた今も、私共に平和をのこして行ってくださったのだと、しみじみ感ぜさせられたことでした。(27)

明治六年生まれの著者が七・八歳の頃のお盆のこととある。明治の初め、長岡で守られていた祖霊祭を、子どもの目から描写している。八月一六日が送り火の日とされている。明治六年に、明治政府はそれまでの太陽太陰暦から現行の太陽暦に改暦した。旧暦では七月七日から一五日にかけて守られていた盆祭りが、新暦の八月に行われている。

このような祭の守り方は、人麻呂と何の関係もないかもしれない。にもかかわらず、ここに付記したのは、先祖の霊とのつながりを信じる心情、その心情で結ばれる家族のありよう、共同体として守る祭の姿などは、もしかすると、律令などに大きく左右されることなく、いにしえから伝えられ続けたのではないかと思うためである。奈良・平安時代に定められた節会は朝廷や畿内の貴族階級を中心にして行われたが、東国の庶民のあいだでは昔ながらの祖霊祭が守り続けられたのであろうか。

杉本の一文を読みながら、人麻呂の七夕に寄せる心情に少し近づける気がした。祖霊祭に対する人麻呂の心情を理解する一助になるかと思われるので、長くなるが付記した。

註

（1）大浦誠士「万葉七夕歌と七夕語彙――タナバタツメ・ヒコホシの形成と定着」『上代文学　73』一九九四年、二三頁。
（2）小島憲之『上代文学と中国文学　中』塙書房、昭和三九年、一一三七―一一四三頁。小南一郎『西王母と七夕伝説』平凡社、一九九一年、一八―四〇頁。
（3）大浦「万葉七夕歌と七夕語彙」二三―三七頁。
（4）稲岡耕二「人麻呂歌集七夕歌の性格」『萬葉集研究　8』一九七九年、二三九―二四一頁。
（5）同上、二三〇頁。
（6）大浦「万葉七夕歌と七夕語彙」。
（7）稲岡『萬葉表記論』塙書房、昭和五一年、九―二一五頁。
（8）稲岡氏は、作歌と歌集歌は同一人物による筆記とするが、人麻呂を作者と断定しておられない。しかし、人麻呂の歌に筆記者とは異なる作者があったとは考えにくい。作者と筆記者を同一人物と考え、論を進める。
（9）稲岡氏の分類によれば、歌番号一九九七、一九九八、一九九九、二〇〇〇、二〇〇二、二〇〇三、二〇〇四、二〇〇五、二〇〇六、二〇〇七、二〇〇八、二〇一一、二〇一二、二〇二五、二〇二六、二〇二七、二〇二八、二〇三一。
（10）「従乙巳養老元年、合卅五年奉仕」
（11）「勘注系図」には、伍佰道の子愛志について「辛巳年より養老元年まで、三五年奉仕（従辛巳年至于養老元年、合卅五年奉仕）」とある。養老元年前の辛巳年は六八一年（天武一〇年）である。六八一年から七一七年までの三五年間、愛志が祝であったのであろう。伍佰道が祝であったのは、乙巳年（六四五）から六八〇年（天武九）までの三五年間であったことになる。この記事から推定しても、豊受大神が天下ったとされる戊申年は、伍佰道の在任中の大化四年（六四八）ということになる。
（12）『日本古典文学大系69　懐風藻　文華秀麗集　本朝文粋』小島憲之校注、岩波書店、昭三九、一〇四―一〇五頁。
（13）詳細は、拙著『浦島伝説と古代日本人の信仰』。
（14）大浦「万葉七夕歌と七夕語彙」。小笠原一「「七夕」考　用字を中心に――織女から七夕へ」（『学芸国語国文学　24号』一九九二年、三七―四六頁）は、「七夕」がタナバタと訓まれるようになるまでの変遷の歴史を詳細にたどる。
（15）小南『西王母と七夕伝説』一二五―一二七頁。

(16) 宮家準『生活の中の宗教』ＮＨＫブックス、昭和五五年、五二―五七頁。五来重『宗教歳時記』角川ソフィア文庫、平成二二年、九一頁。
(17) 宮家『生活の中の宗教』五七頁。
(18) 和歌森太郎『和歌森太郎著作集　第15巻』弘文堂、昭和五七年、二六五頁。
(19) 原文は、『新編日本古典文学全集5　風土記』（植垣節也校注・訳、小学館、一九九七年）による。
(20) 廣岡義隆「解説」『新編日本古典文学全集　風土記』六〇二頁。
(21) 土橋寛『日本語に探る古代信仰』中公新書、一九九〇年、一四〇頁。
(22) 盆棚や精霊棚に五色の幡を立てるのが七日盆の棚幡であるとする説もある。五来『宗教歳時記』二〇四―二一二頁。
(23) 粂川定一「人麻呂歌集庚辰年考」『国語国文　第35巻　第10号』京都大学國文学会、一九六六年、一―一四頁。金石文の調査にも及ぶこの論考を稲岡氏も参照し、天武九年説を採っておられる。稲岡『萬葉表記論』二〇二―二〇三頁。
(24) 渡瀬昌忠「人麻呂歌集非略体歌の七夕歌二首――「告げてし思へば」と「吾等恋ふる」」『実践国文学　41号』一九九二年、三五―五二頁。
(25) 鉄野昌弘「人麻呂歌集七夕歌の「告」」『美夫君志』76号、二〇〇八年、一―一七頁。
(26) 歌三六一一は人麻呂作とされるが、人麻呂歌集中に同じものはない。「月人をとこ」を用いる一首としては、

夕星《ゆふつつ》も　通《かよ》ふ天道《あまぢ》を　何時までか　仰《あふ》ぎて待たむ　月人をとこ（二〇一〇）

がある。この歌では、夕星も通い始めた天道なのに何時まで待たねばならないのだろう、と月に呼びかける。織女に逢えないことを月に向かって嘆く彦星という意味では、歌三六一一と通じる。
(27) 杉本鉞子「盂蘭盆」『武士の娘』大岩美代訳、ちくま文庫、一九九四年、九五―一〇八頁。

五　七夕と大伴旅人

『万葉集』に収められる山上憶良作七夕歌一五二六の左注に、「右、天平二年七月八日の夜、帥の家に集いて」とある。天平二年（七三〇）七月八日に、大宰帥であった大伴旅人宅で宴が開かれたことがわかる。七月七日は、前章で述べたように、祖霊祭の行われる日であった。神祀りにつづいて開かれた宴の席で、歌が詠まれたのであろう。筑前守として赴任していた憶良も、その宴に招かれて詠んだ歌と思われる。七月七日ではなく、なぜ七月八日なのであろうか。宴の主人・旅人の七夕歌は、『万葉集』に収録されていない。旅人宅での宴で、歌を作ったのは憶良だけであったのだろうか。彼は歌を詠まなかったのか。旅人と七夕とのかかわりについて考えてみたい。

I　妻の死と旅人の作歌

1　妻の死

旅人の歌で年代の推定できる最初の歌は、長歌三一五とその反歌三一六である。旅人が神亀四年（七二七）頃、大宰帥として赴任する前の作として『万葉集』中に残る唯一の歌である。神亀元年（七二四）三月、即位したばかりの聖武天皇が吉野に行幸したときに、天皇の命を受けて作っている。詞書に、天皇に奏上しないままに終った歌とある。どういう事情であったのか、わからない。

『万葉集』に収録される旅人作と判明している歌の多くは、彼が大宰帥として赴任し、天平二年（七三〇）、大納言となって帰京するまでの数年間に作ったものである。赴任した神亀四年頃、旅人はすでに六〇歳を過ぎていた。赴任には妻郎女《いらつめ》が同行していた。着任後まもなくして、妻を亡くしている。神亀五年六月二三日、旅人は「凶問《きょうもん》に報ふる歌」（七九三）を作っている。(1)

禍故重疊《くわこちょうでふ》し、凶問累集《るいじふ》す。永《ひたふる》に崩心《ほうしん》の悲しびを懐《むだ》き、独《ひとり》断腸の涙を流す。ただし、両君の大助《だいじょ》に依りて、傾《かたぶ》ける命をわづかに継《つ》ぐのみ。筆《ふみて》の言《こと》を尽くさぬは、古《いにしえ》に今にも嘆くところなり。

世の中は　空しきものと　知る時し　いよよますます　悲しかりけり

漢文の序に、音仮名表記の歌が続いている。「禍故」は不幸なできごと、「重疊」は度重なることを意味する。重なった不幸なできごとが何であったのかは不明であるが、その一つが妻の死であったことは確かだろう。「凶問」は親しい人の訃報の意味で、「累集」も引き続くことを意味する。凶問には、旅人の弟の宿奈麻呂や田形内親王(2)などの訃報が含まれていただろうとされる。(3)禍故、凶問が重なり、心が崩れるほどの悲しみが永く続き、独りで、はらわたも千切れるばかりの涙を流している。「両君の大助に依りて、傾ける命をわづかに継ぐのみ」とある。旅人を支えた人物が周辺にあったことがわかるが、誰であったのか判明していない。

序は表意文字である漢文で記し、文末に「筆《ふみて》の言《こと》を尽くさぬは、古《いにしえ》に今にも嘆くところなり」(4)と書き添えている。続く歌は一字一音の仮名で書かれている。一字一音の仮名書きは日本の「言」そのものを伝える。(5)旅人は、表意文字によらず、「言」そのものが現れることを強く望んだのであろう。「伊《い》与《よ》余《よ》麻《ま》須《す》麻《ま》須《す》　加《か》奈《な》之《し》可《か》利《り》家《け》理《り》」と一字一音を用いる歌からは、旅人の深い悲しみがヒリヒリと肌に伝わってくる感じがする。

『万葉集』巻第八には、大伴郎女の没後、石上堅魚《いそのかみのかつを》が弔問のため勅使として大宰府に遣わされたときの歌が見える。祭事が終ってのち、勅使と大宰府の諸卿大夫とが記《き》夷《い》城《じょう》に登って望遊した日に、堅魚が詠んだ歌がある。

ほととぎす　来《き》鳴きとよもす　卯《う》の花の　共にや来しと　問わましものを（一四七二）

卯の花が咲く卯月（旧暦四月）のころは、ほととぎすが来て鳴く時期である。「ほととぎすが来て、しきりに鳴き立てています。卯の花と一緒に来たのかと尋ねてみたいのですが」が歌の大意である。ほととぎすに「卯の花と一緒に来たのか」と呼びかけるかたちをとりながら、一緒に見えるはずの卯の花が見えないのはなぜか、という問いを含んでいる。旅人をほととぎすに、亡くなった郎女を卯の花に譬えている。

堅魚の歌に、旅人は次のような歌を返している。

橘《たちばな》の　花散る里の　ほととぎす　片恋《かたこひ》しつつ　鳴く日しそ多き（一四七三）

「橘の花の散るこの里のほととぎすは、相手を失って、片恋をしつつ鳴く日が続いています」が大意であるが、堅魚が郎女に譬える「卯の花」を、旅人は「橘」に言い換えている。

「卯の花の憂きことあれや」（一九八八）に見られるように、「卯の花の」は枕詞として同音ウをもつ「憂き」にかかる。堅魚の歌は、妻を失った旅人の心の晴れない状態を思いやるものである。その返歌に旅人は卯の花を取り上げず、橘の花を選んでいる。

「橘を守部の里の」（二二五一）とあるように、「橘を」は枕詞として「守部」（＝番人の意）にかかる。橘は当時珍重されたもので、番人が守らねばならないほど貴重であったのだろう。『続日本紀』天平八年一一月一一日条には、和銅元年（七〇八）の元明天皇の言葉として「橘は果物の中でも最高のもので、人々の好むものである。枝は霜雪にもめげず繁茂し、葉は寒暑にあっても凋まない。光沢は珠玉とも争うほどである。金や銀に交じりあっても、それに劣らず美しい」と書かれている。旅人は、妻を橘の実ではなく、花に譬えている。柑橘類の花には爽やかな香があるが、橘の花はとくに香りが高い。

堅魚の歌は、旅人への思いやりからであろう、旅人の憂さに焦点を合わせている。ところが、旅人の歌では、妻が橘の花に譬えられ、重点は妻に移っている。

妻の死後「数句を経て」、旅人が作った歌がある。

愛《うつく》しき　人のまきてし　しきたへの　我《あ》が手枕《たまくら》を　まく人あらめや（四三八）

在府中の冬、次田温泉《すぎたの》に宿って、鶴の鳴くのを聞いて、

湯の原に　鳴く葦鶴《あしたず》は　我《あ》がごとく　妹《いも》に恋《こ》ふれや　時わかず鳴く（九六一）

天平二年（七三〇）一二月、旅人は大納言となって帰京することになる。帰京しようとするときに作った歌二首に、

帰るべく　時はなりけり　都にて　誰《た》が手本《たもと》をか　我《あ》が枕かむ（四三九）

都なる　荒れたる家に　ひとり寝ば　旅にまさりて　苦しかるべし（四四〇）

「京に向かひて道に上るときに作る歌五首」には、鞆《とも》の浦を過ぎるときの三首が含まれる。

我妹子《わぎもこ》が　見し鞆の浦の　むろの木は　常世《とこよ》にあれど　見し人そなき（四四六）

鞆の浦の　磯のむろの木　見むごとに　相見し妹《いも》は　忘らえめやも（四四七）

磯の上に　根延ふむろの木　見し人を　いづらと問はば　語り告げむか（四四八）

以下の二首は、駿馬《みぬめ》の埼を過ぎるときに作られている。

妹《いも》と来し　駿馬の埼を　帰るさに　ひとりし見れば　涙ぐましも（四四九）
行くさには　二人我《ふたりわ》が見し　この埼を　ひとり過ぐれば　心悲しも（四五〇）

故郷の家に帰り着き、すぐに作った歌三首に、

人もなき　空しき家は　草枕　旅にまさりて　苦しかりけり（四五一）
妹として　二人作りし　我が山斎《しま》は　木高《こだか》く繁く　なりにけるかも（四五二）
我妹子《わぎもこ》が　植ゑし梅の木　見るごとに　心むせつつ　涙し流る（四五三）

これらの歌に見るように、大宰府に赴任してから帰京するまで、旅人の心を占めていたのは、亡くなった妻郎女を偲ぶ思いであった。祖霊祭である七夕には、亡くなった人々を偲ぶ祭事が行われたであろう。しかし、中国伝来の七夕伝説では、彦星と織女星とは一年に一度とはいえ、逢うことができる。ふたたび妻に逢うことがない旅人は、七夕歌を作る心境になかったに違いない。

2　松浦佐用姫歌群

『万葉集』巻第五に、大伴狭手彦《さでひこ》の派遣に関する序文と五首の歌（八七一—八七五）が収められている。通常、序と歌を含めて松浦佐用姫歌群と呼ばれる。以下は序の現代語訳と歌の読み下し文である。

大伴佐提比古朗子《さでひこのいらつこ》は、朝命を受けて、藩国に遣わされた。船出の用意を整えて出発し、だんだん青海原へと進んでいった。愛人の松浦佐用嬪面《さよひめ》（原文：妾也松浦佐用嬪面）は、別離はたやすいが、再び逢うことは困難であることを嘆いた。そこで高い山の頂に上り、はるかに遠ざかり行く船を見遣ったが、別れの悲しさは肝も絶えるばかりであり、心の暗さは魂も消え入るばかりであった。とうとう領巾《ひれ》をはずして振り招いたので、側にいた人で涙を流さない者とてなかった。それで、この山を名づけて「領巾麾嶺《ひれふるみね》」というようになったという。そこで歌を作って言った。

遠《とほ》つ人　松浦佐用比米《さよひめ》　夫恋《つまごひ》に　領巾《ひれ》振りしより　負《お》へる山の名（八七一）

後《のち》の人の追和《ついわ》

山の名と　言ひ継げとかも　佐用比売《さよひめ》が　この山の上《へ》に　領巾を振りけむ（八七二）

最後《いとのち》の人の追和

万代《よろづよ》に　語り継げとし　この岳に　領巾振りけらし　松浦佐用嬪面《さよひめ》（八七三）

最々後《いといとのち》の人の追和二首

海原《うなはら》の　沖行く船を　帰れとか　領巾振らしけむ　松浦佐欲比売《さよひめ》（八七四）

行く船を　振り留《とど》みかね　いかばかり　恋《こほ》しくありけむ　松浦佐欲比売《さよひめ》（八七五）

佐用姫歌群の作者と作成時期

佐用姫歌群の作者は、『万葉集』には記されていない。一般に山上憶良か大伴旅人とされる。小島憲之氏は、序の文章が『文選』と『遊仙窟』との混合によって作られており、旅人の「日本琴の歌」（八一〇―八一一）の序と類似することから、旅人説を有力視される。(6) 稲岡耕二氏は、歌八七一に用いられる仮名「得・必・返・例」などが、それに先立つ旅人歌の表記と共通することから、序および歌八七一は旅人作であろうとされる。(7) この部分については、文体と用字の両面から見て、旅人作とする両氏の説が妥当と思われる。

旅人作とすると、佐用姫歌群はいつ作られたのであろうか。「領巾振る峰」については、『筑紫風土記』逸文と『肥前国風土記』にも記されている。それぞれの成立時期について簡単に述べると、『筑紫風土記』は行政区分に「県《あがた》」を用い、地名などの表示には難字使用の傾向がある。それに対し、『肥前国風土記』は「郡《こほり》」を用い、地名などの表示は『日本書紀』の表記を使用する。『筑紫風土記』――『日本書紀』――『肥前国風土記』の順になった、と推定される。(8)『肥前国風土記』の成立は、

（イ）「御宇」用字と和風諡号などから、天平初年（七二九）以後の筆録、

（ロ）烽・城などの記載は、天平四年（七三二）八月節度使の始置以降、

（ハ）郷里制であるから、天平一一年（七三九）末までの編述、

などから考えて、天平四年八月以後、一一年末以前と推定できる。天平三年の旅人の死後の成立である。

佐用姫歌群が作られる以前に成立していたのは、『筑紫風土記』となる。その逸文には、「褶振の峰」の名の由来として、次のように記されている。

松浦の県《あがた》。県の東のかた六里に帔揺《ひれふり》の岑あり。〔帔揺は比礼府離《ひれふり》なり。〕最頂《いただき》に沼あり。計るに半町ばかりなり。俗《くにひと》、伝へて云はく「昔者《むかし》、檜隈《ひのくま》の天皇の世に、大伴の紗手比子《さでひこ》を遣はし、任那の国を鎮めたまひけり。時に、命《みこと》を奉《うけたまは》りて此墟《ここ》に経過《たちよ》りけり。ここに篠原の村に〔篠は資濃《しの》なり〕娘子《をとめ》ありけり。名を乙等比売《おとひめ》と曰《い》ひけり。容貌端正《かたちきらきら》しく孤《ひと》り国の色《ほ》にあり。紗手比子便《すなは》ち娉《つまど》ひて婚《まぐはひ》を成せり。離別《わかれ》の日、乙等比売、この岑に登り望み帔《ひれ》を挙《かか》げて揺《ふ》り招きけり」といふ。因りて以ちて名とせり。[9]

「帔揺岑」は松浦川に隣接する峰である。「県《あがた》の東」という、律令制以前の地域区分単位が用いられている。天皇が大伴のサデヒコを遣わし、任那の国を鎮めさせたとある。「天皇」の称号が成立したのは天武朝、ないしは持統朝とするのが通説である。「檜隈《ひのくま》の天皇」（=宣化）は大王と呼ばれたかもしれないが、天皇と称するのは、後世の付会である。大王名は漢風名ではなく、大王の宮が置かれた地名を取っており、当逸文が『日本書紀』以前に成立したことを示す。

「命《みこと》を奉《うけたまは》りて此墟《ここ》に経過《たちよ》り」とある。「経過」は通り過ぎることを意味するから、サデヒコはもともとこの土地にいなかったことになる。任那の国を鎮めるために遣わされたのだから、戦場に向かう途である。その途中に立ち寄った村の娘と「婚《まぐはひ》」をする。その後、すぐに出発したようすではない。女性がヒレを振って別れを惜しむのも、二人の関係がかりそめのものでないことを思わせる。邪気のなさそうな地名譚に、何らかの政治的作為が含まれるのではないか、疑問が残る。

ここに登場する女性の名は、「乙等比売」である。オトヒメはエヒメ（＝兄姫）の対になる語で、妹姫を意味する。古語オトは、年若く愛らしい意を表す。ヒメは女性に対する尊称である。「乙等比売」は若く愛らしい女性に対する尊称で、固有名詞ではないだろう。『筑紫風土記』逸文には、女性の名前は記されていないことになる。一般には知られていなかったのであろう。

『日本書紀』宣化二年（五三七）一〇月条には、サデヒコ派遣について次のような記事がある。

天皇は新羅が、任那を侵略したことで、大伴大連金村に詔《みことのり》して、その子の磐《いわ》と狭手彦とを遣わして、任那を助けさせた。この時に、磐は筑紫に留まり、その国の政治を執って三韓に備えた。狭手彦は行って任那を鎮め、また百済を救った。

宣化天皇が大伴大連金村に命じて、その子の磐とサデヒコとを遣わして、任那を助けさせたとするこの文面は、磐とサデヒコがもとはこの地に住んでいて、ここから派遣された可能性を残す。派遣の理由は、新羅が任那を侵略したためとされる。任那に絡んで、親百済・反新羅を大王家の外交政策としている。

「この時に、磐は筑紫に留まり、その国の政治を執って」という記述は、大伴磐が筑紫を治めたことを認めている。磐が政治を執った筑紫は分国前のことであるから、その範囲は少なくとも筑前国・筑後国を含んだであろう。『日本書紀』には大伴一族を顕彰する意図はなかっただろう。それにもかかわらず、大伴磐が筑紫を治めたことを認める一文は、史実であった可能性が高い。

大伴一族が筑紫を治め始めたのは、宣化大王の代であったのか。それとも、以前からこの地で勢力をもっていたのではないか。『日本書紀』は、磐は宣化に遣わされて筑紫に留まり政治を執った、とする。この時以降、大王の意思により筑紫を治めるようになったことを含む一文になっている。サヨヒメの名はみられない。

天平二年七月一一日付の山上憶良（六六〇―七三三年？）の旅人宛書簡がある。憶良は神亀三年（七二六）に筑前守として旅人より先に九州に赴任していた。書簡には、「意内に端多く、口外に出だすこと難し。謹みて三首の鄙《いやしき》歌を以《もち》て、五臓の鬱結《うつけつ》を写《のぞ》かむと欲《おも》ふ」とある。不愉快に思うことがあるが、口にしがたく、気がふさいでいるので、心中の鬱屈した気分を除こうとして詠んだとあり、三首の歌がそえられていた。

松浦潟　佐欲比売《さよひめ》の児が　領巾《ひれ》振りし　山の名のみや　聞きつつ居《を》らむ（八六八）
足日女《たらしひめ》　神の尊《みこと》の　魚《な》釣らすと　み立《た》たしせりし　石を誰《たれ》見き（八六九）
百日《ももか》しも　行かぬ松浦道《まつらぢ》　今日行きて　明日は来《き》なむを　何か障《さや》れる（八七〇）

「松浦潟」で始まる憶良の歌八六八を含む三首は、一般に、松浦川歌群を読んで憶良が作ったと看做されるが、はたしてそうであろうか。歌八六八にサヨヒメの名が見られる。三章で見たように、松浦川歌群の内容は、松浦川で主人公が仙女たちに出会うというものであるが、この歌群にサヨヒメの名は出てこない。

『筑紫風土記』にも松浦川歌群にもサヨヒメの名が記されていないとすると、憶良はどこでこの名を知ったのであろうか。大伴氏の先祖にまつわる逸話の細部を知っていたのは、旅人であろう。サデヒコと磐は、旅人の曽祖父・咋《くい》の兄弟に当たる。サデヒコ派遣について、一族の語り伝えがあっただろう。磐が筑紫を治めていたとすれば、なおさらのことである。憶良は旅人作・佐用姫歌群からサヨヒメの名を知ったとするのが、自然であろう。

憶良が歌八六八を天平二年七月一一日に記す以前に、佐用姫歌群は成立していたはずである。それは、いつのことか。

先に述べたように、佐用姫歌群の序に続く歌八七一は旅人作である。それに、「後の人の追和《ついわ》」一首、「最後《いとのち》の人の追和」一首、「最々後《いといとのち》の人の追和二首」が続く。これらの五首は、いずれもサヨヒメの名前を詠み込んでいる。最後の二首では、サヨヒメの表記は「佐欲比売《さよひめ》」となっている。憶良作の歌八六八のサヨヒメの表記と同じで、これらは憶良作であろう。それ以外は、宴に同席した他の人たちの作であろう。

序文に続いて、宴の同席者が追和する歌を詠む作風は、梅花宴歌群と似通っている。梅花宴歌群は、序文によれば、天平二年正月一三日に旅人の宅に集い、宴会が開かれたさいに詠まれた歌である。序に続く梅花の歌三二首から成る。三二首中には憶良の歌、主人旅人の歌も含まれる。三二首の後には、「員外、故郷を思ふ歌両首」、さらに「後に梅の歌に追和する四首」が加えられている。

冒頭で述べたように、憶良作七夕歌一五二六の左注に、「右、天平二年七月八日の夜、帥の家に集いて（原文：帥家集会）」とある。「集いて」であるから、旅人の家を憶良一人が訪問したのではなく、何人かの人たちが集まり、宴が開かれている。その宴の場で、宴に列なる人々が歌を詠んだと思われる。佐用姫歌群は、このときに作られたものではなかろうか。サヨヒメの名前を、憶良はこの宴の時に知ったのではないか。

『万葉集』巻第五中の記載順は、巻第八に「秋の雑歌」として分類されている（一）部分を除き、次のようである。

梅花宴歌群　天平二年正月一三日、旅人宅の宴にて作成
松浦川歌群（サヨヒメの名を含まない）　同年四月六日付
〔憶良作七夕歌一五二六　同年七月八日の夜、帥の家に集いて〕
吉田宜の旅人への返書と歌　同年七月一〇日付
　歌八六四　梅花の歌に唱和する一首
　歌八六五　松浦の仙女の歌に唱和する一首
　重ねて二首
憶良の旅人宛書簡と歌（「佐欲比売《さよひめ》」を含む）　同年七月一一日付
佐用姫歌群（サヨヒメの名を含む）　日付不明、旅人宅にて？

佐用姫歌群に作成日付は付されていない。七月八日の旅人宅での集いにおいて作られたのではないかというのが、私の推測である。その折に憶良はサヨヒメの名を知って、七月一一日に旅人宛に歌をそえて手紙を送ったと考えられる。

では、『万葉集』の収録順は、なぜ作成順ではないのだろうか。宜の書簡は、旅人の四月六日付書簡に対する返書で、旅人の書簡に付されていた梅花宴歌群と松浦川歌群のそれぞれに唱和する歌を含んでいる。作成順に並べるなら、佐用姫歌群は松浦川歌群のすぐ後に入れるべきであるが、そうすると宜の書簡が両歌群から切り離される。それを避けるため、現在の順に収録されたのであろう。

祖霊祭との関係

当時、七月七日に七夕祭が行われたことは、『万葉集』中の七夕歌から明らかである。七夕は一日のみの祭事であったのではなく、年の後半の初めに守られた祖霊祭の始まりの日であったと考えられる。四章で述べたように、祖霊祭は、一家族だけでなく、一族共同体が集い、祖霊を招いて祀るときであった。

伝未詳の間人《はしひと》宿禰の作になる七夕歌がある。

川の瀬の　激《たぎ》ちそ見れば　玉かも　散り乱れたる　川の常かも（一六八五）
彦星の　かざしの玉し　妻恋《つまごい》に　乱れにけらし　この川の瀬に（一六八六）

題詞に「泉川の辺にして間人宿禰が作る歌二首」とあり、川のほとりで作られたことがわかる。臨場感のあるこれらの歌から、七夕の祭儀は川辺で行われたと考えられる。天の川を想定してであろう。祭儀の後、宴が開かれたと思われる。宴は、ただの飲み食いの場ではなく、祖霊と共にする直会《なおらい》である。その場で歌が詠まれたりしたのであろう。

天平二年七月八日の夜、帥の家に集い作ったという左注をもつ、憶良作の歌四首は次のようである。

秋風の　吹きにし日より　いつしかと　我が待ち恋ひし　君そ来ませる（一五二三）
天の川　いと川波は　立たねども　さもらひ難し　近きこの瀬を（一五二四）
袖振らば　見も交《かは》しつべく　近けども　渡るすべなし　秋にしあらねば（一五二五）

玉かぎる　ほのかに見えて　別れなば　もとなや恋ひむ　逢ふ時までは（一五二六）

七夕の宴において、憶良は中国の七夕伝説にのっとった歌を詠んでいる。それに対して、旅人は七夕伝説を用いることをよしとせず、代わりに、一族に伝わる逸話を歌にしたと思われる。憶良を含む宴の列席者たちが、その歌に和して成立したのが佐用姫歌群であろう。

領巾《ひれ》と七夕

天平二年末、旅人の帰京が決まると、別れを惜しんで遊行女婦《あそびめ》児島が歌を贈っている。

凡《おほ》ならば　かもかもせむを　恐《かしこ》みと　振りたき袖を　忍びてあるかも（九六五）
大和道《やまとぢ》は　雲隠りたり　然《しか》れども　我《あ》が振る袖を　なめしと思《も》ふな（九六六）

歌九六五は遊行女婦が貴人に対して袖を振るのは恐れ多いこととし、歌九六六はそれでも袖を振らずにはいられない、と詠う。児島の歌に、旅人は歌二首を返している。

大和道の　吉備の児島を　過ぎて行《い》かば　筑紫の児島　思ほえむかも（九六七）
ますらをと　思へる我《あれ》や　水茎《みづくき》の　水城《みづき》の上に　涙拭《のご》はむ（九六八）

去り行く男性との別れを惜しんで袖を振る児島の姿は佐用姫に似るが、佐用姫との身分の違いをうかがわせる。児島が振るのは袖であり、佐用姫が振るのは領巾である。領巾は細長い薄布で、主に女性が首から肩へ掛け、左右に長く垂らす。呪力のあるものとされ、それを振れば呪力を発揮すると考えられた。『古事記』には、大国主命が妻から与えられた領巾を振ると、蛇や百足と蜂の室でも無事であったことが記されている。

古代、ヒラヒラと翻る布に神霊が依り付くと信じられたのであろう。ヒレやハタはいずれもヒラヒラとひるがえる形状に基づく語である。そのような形状に、古代の人々は霊の活動を感じ取ったのであろう。そのため、領巾を動かすことによって、生命力を活動させようとした。領巾は呪力をもつとされている。(10)

呪具であったとすると、もとは祭儀に用いられたものであろう。祭儀を司る者の持ち物とすると、祭儀を司るのは、祭政未分化の時代においては、豪族・氏族の長である。卑弥呼の例に見られるように、族長が女性の場合もあっただろう。大伴氏の場合、旅人の死後、異母妹であった大伴坂上郎女が家長として一族の祖神を祀ったようすが、「神を祭る歌」と題された歌三七九、三八〇などにうかがわれる。領巾は祭儀を行う高貴な身分の者の持ち物であったと考えるべきであろう。庶民の持ち物ではなかった。

天平元年の七夕に、憶良が詠んだ長歌がある。「天平元年七月七日の夜、天の川を仰ぎ見て憶良詠む。大宰帥の家で作ったともいう」という左注をもつ。

彦星《ひこほし》は　織女《たなばたつめ》と　天地の　別れし時ゆ　いなむしろ　川に向き立ち　思ふそら　安けなくに　嘆くそら　安けなくに　青波に　望みは絶えぬ　白雲に　涙は尽きぬ　かくのみや　息づき居らむ　かくのみや　恋ひつつあらむ　さ丹《に》塗りの　小舟《をぶね》もがも　玉巻きの　ま櫂《かい》もがも　朝なぎに　いかき渡り　夕潮《ゆふしほ》に　い漕ぎ渡り

ひさかたの　天の川原に　天飛《あま》ぶや　領巾片敷《ひれかたし》き　ま玉手《たまで》の　玉手さし交《か》へ　あまた夜《よ》も　寝《い》ねてしかも
秋にあらずとも（一五二〇）

「青波に望みは絶えぬ、白雲に涙は尽きぬ」と、タナバタツメに逢うことができない彦星の嘆きを、第三者の立場から詠っている。「領巾片敷《ひれかたし》き」とあり、領巾がタナバタツメの持ち物とされている。領巾を依り代とする女神とされる。

祖霊祭である七夕にこの歌が詠まれたとすると、彦星に譬えられる一族は領巾を依り代とする女神を祖神として奉じていたと考えられる。その女神を、年に一度しか祀ることができない状況を背景にして、この歌は詠まれたのであろう。

天平二年七月八日に作られたと推定する佐用姫歌群の最後の二首「最々後《いといとのち》の人の追和二首」は、憶良作である。この二首では、領巾を振り、舟を呼び戻そうとする佐用姫の悲しみが強調されている。領巾をもつ女性として、前年、憶良が作った七夕歌と共通する。

佐用姫歌群では、領巾を振ることが中心テーマになっている。祖霊祭中にこの歌を作った旅人は、七夕伝説を避け、一族の祖先譚の一つを取り上げただけであろうか。祖霊祭は、先祖の霊を祀るばかりではなく、一族のいのちの源である祖神を祀るのが目的であろう。朝命によって佐用姫と別れなければならないサデヒコ、そのサデヒコとの別れを悲しんで領巾を振る佐用姫。その佐用姫には、領巾を依り代とする祖神が譬えられているのではないか。『筑紫風土記』と比べると、「別れの悲しさは肝も絶えるばかりであり、心の暗さは魂も消え入るばかり」とあって、佐用姫の悲しみが際立つ。そしてサデヒコに譬えられるのは旅人、ひいては大伴一族ではなかろうか。別れて行く男性を見送る佐用姫に女神を託し、神も別れを悲しんでいる、というのが旅人の信仰であったのだろう。

大伴氏と領巾

大伴氏と領巾とのつながりを思わせる事実がある。作者不明の歌一〇八六には、次のようにある。

　　靫《ゆき》懸《か》くる　伴《ともの》雄《を》ひろき　大伴に　国栄むと　月は照るらし

歌中の「靫」は上代の武具の一つで、矢を入れて背に負う。トモノヲは世襲の職に従事する部族の集団を意味する。ヒロシは、集団の規模の大きいことを表す。「大伴に」は、大伴氏が警護に当たる、宮城の南正面の大伴門をさす。作者不詳のこの歌は、靫負部《ゆげひべ》の人たち大勢を率いて大伴氏が警護する大伴門に、月が照っている場景を詠う歌である。(11)

六月末と一二月末には、この門の前で大祓いが行われた。『延喜式』には、六月《みなづき》晦《つごもり》大祓《おおはらひ》の詞が記されている。

　　六月晦大祓　十二月はこれに准へ。

「集侍《うごな》はれる親王《みこたち》・諸王《おほきみたち》・諸臣《まへつきみたち》・百《もも》の官人等《つかさびとたち》、諸《もろもろ》聞《きこ》しめせ」と宣《の》る。

「天皇《すめら》が朝廷《みかど》に仕へまつる、比礼挂《ひれか》くる伴男《とものを》、手襁《たすき》挂くる伴男、靫《ゆき》負《お》ふ伴男、剱《たち》佩《は》く伴男、伴男の八十《やそ》伴男を始めて、官官《つかさつかさ》に仕へまつる人等《ひとども》の過《あやま》ち犯しけむ雑雑《くさぐさ》の罪を、今年の六月の晦の大祓に、祓《はら》へたまひ清め

たまふ事を、諸聞しめせ」と宣る。(12)

「靫負ふ伴男」とは、歌一〇八六の「靫懸くる伴雄」と同義で、靫を背負う大伴の氏人のことである。宮城を警護する武人たちが、大祓いを受けるときの装束が記されている。比礼（＝領巾）をかけ、たすきをかけ、靫を負い、剱をはく、とある。「ヒレをかけ」とあるが、神事に際してばかりでなく、武人が神の加護を願って領巾を身につけたのであろう。他部族ではどうであったのか知らないが、大伴氏の氏人の特徴であったのではなかろうか。彼らが領巾を依り代とする神を信じる人たちであったことは、間違いないといえよう。

『延喜式』の施行は康保四年（九六七）であるが、大祓儀は六世紀後半に始まったとされる。史料の上での初出は『続日本紀』大宝二年（七〇二）一二月三〇日条で、「十二月晦日の大祓を中止した。しかし東西の文部《ふひとべ》が祓詞《はらいことば》を奏するのは平常の通り行った」とある。この事実から、大伴門前大祓が大宝令に制定されていたことは確実とされる。(13)

六月晦大祓の祝詞には「十二月はこれに准《なら》へ」の注記があり、旧暦の六月末日と一二月末日が年の区切りと看做されていたことがわかる。年の節目にあたって、罪の許しを受け、清められて、新しく次の時期を迎えようとする大祓いが大宝令に遡るとすると、一月一日を年の前半の始まり、七月一日を後半の始まりとする習俗が、古くから存在したことを示す。後に、養老令によって宮廷の節日に定められる以前から、年の初めと秋の初めが、一般に守られた節日であった証左である。

年二回の大祓いが大宝令に定められていたとしても、大伴氏人の装束の規定までは記されていなかったかもしれない。そうとしても、律令の施行細則を定める『延喜式』は、すでに恒例化していた神事細部をまとめたとも考えられる。領巾に対する信仰は新しく付加されたのではなく、文書化される以前の上古に遡るとすれば、大伴氏と領巾との結びつきがここにも見られる。

Ⅱ　七月七日と七月八日

七夕宴は例年、七月七日に開かれていた。天平二年になって、宴は七月八日に開かれている。前章で述べたが、「七夕」は、『万葉集』歌中では、ナヌカノヨ・ナナヨとか訓まれる。七月八日はナナヨではない。なぜ宴は、七日でなく、八日なのか。

1　七月七日の七夕宴

『万葉集』に収められる七夕歌の作者と歌数は、次のようである。

憶良（巻第八）　一二首
湯原王（同）　二首
市原王（同）　一首
間人宿禰（巻第九）　二首
房前の宅の歌（同）　二首

人麻呂歌集（巻第十）　三八首
家持（巻第十七―二十）　一三首
遣新羅使（巻第十五）　四首
作者未詳　六〇首

これらの歌のうち、七夕宴と関係すると思われる歌は、歌一五一九、一五二〇、一五二一、一五二二、一七六四、一七六五の五首である。

歌一五一九（憶良作）

憶良作で、左注に「右、神亀元年七月七日夜左大臣宅」とある。歌は、神亀元年（七二四）二月四日、左大臣に任命された長屋王宅での七夕宴のさい詠まれたものである。

ひさかたの　天の川に　舟浮《う》けて　今夜《こよひ》か君が　我《わ》がり来《き》まさむ

天の川に舟を浮かべて、今宵はあの方が私のもとに来られるだろうか、と織女の立場で詠われている。織女が彦星の来るのを待ちわびるようすとともに、彦星が織女を訪れる可能性があることを示す。神亀元年二月四日は聖武天皇が即位した日で、この年の七夕では、彦星が織女を訪れることができる。

歌一五二〇・一五二一・一五二二（憶良作）

いずれも憶良作である。左注に「右、天平元年七月七日夜、憶良仰二観天河一。一云、帥家作。」とある。天平元年（七二九）七月七日夜に作られている。作歌の場所が大宰帥の家であったか否かは確かでないが、七月七日に宴が帥の家で開かれたことは前提とされるようである。
歌一五二〇は先に引用した長歌で、織女に逢うことができない彦星の嘆きを詠う。歌一五二一と一五二二は、その反歌である。

風雲《かぜくも》は　二つの岸に　通《かよ》へども　我《あ》が遠妻《とほづま》の〈一に云ふ、「愛《は》し妻の」〉言《こと》そ通《かよ》はぬ（一五二一）
たぶてにも　投げ越しつべき　天の川　隔てればかも　あまたすべなき（一五二二）

歌一五二一は、風や雲は天の川の両岸を行き来できるが、愛する妻と言葉を交わすことができないと嘆く。歌一五二二には、小石を投げれば届きそうな天の川だが、それに隔てられてなすすべがないとあり、天の川の川幅はそれほど大きくないが、妻に逢うことができないのを嘆いている。両歌ともに、彦星の立場から詠っている。
憶良は、彦星に托して奉じる神を自由に祀れない嘆きを詠うと思われる。憶良も、織女にたとえられる女神を奉じていたためであろう。

歌一七六四・一七六五（作者未詳）

作者未詳の歌である。

七夕の歌一首　并《あは》せて短歌
ひさかたの　天の川に　上《かみ》つ瀬《せ》に　玉橋《たまはし》渡し　下《しも》つ瀬に　舟を浮《う》け据《す》ゑ　雨降りて　風吹かずとも　風吹き

て　雨降らずとも　裳濡《もぬ》らさず　止《や》まず来《き》ませと　玉橋渡す（一七六四）

反歌

天の川　霧立ち渡る　今日《けふ》今日と　我《あ》が待つ君し　舟出すらしも（一七六五）

長歌中の「玉橋」の「玉」は美称で、「橋」は打橋のことである。「打橋」とは、架け外しが可能な仮の板橋で、訪れ来る男性のため女性が川門に渡し、夫を喜んで待ち受けるしるしとされる(14)。天の川の上の瀬には打橋を架け、下の瀬には舟を浮かべて、雨が降っても、風が吹いていても、裳をぬらさずに、いつでもおいでになれるように玉橋を架けますよ、が長歌の大意である。織女の立場から詠まれており、悪天候であっても彦星は衣の裾も濡らさず訪れることができる、とされている。

反歌のほうも、天の川に霧が立っているのは、私が待つ彦星が漕ぐ舟の櫂のしずくであろう、と織女の立場からの歌である。長歌・反歌ともに、織女の立場から詠まれており、天の川を渡る困難もなければ、彦星の苦悩や嘆きも見当たらない。

左注に「右件歌、或云、中衛大将藤原北卿宅作也」とある。歌は藤原房前宅で詠まれている。宴が開かれ、それに招かれていた人が作ったものであろう。詠まれたのは、何年の七夕であったのだろうか。「中衛」は宮中を警護する親衛隊の中衛府を意味する。中衛府が新設されたのは、『続日本紀』によれば神亀五年（七二八）八月一日である。歌が作られたのは、神亀六年（七二九）以後でなければならない。

神亀六年は、八月に天平に改元になっている。旅人が房前に和琴を贈るさいに添えた、天平元年（七二九）一〇月七日付の書簡と歌（八一二）がある。宛名に「中衛高明閤下」とある。「高明」「閤下」は、いずれも尊称である。房前は中衛府長官であったのだろう。天平元年（＝神亀六年）の七夕には、すでにその任にあったと考えられる。

天平二年七月七日に宮廷で相撲節会が開かれたことは、相撲部領使について述べる吉田宜の書簡から判明する。天平二年当時、房前は正三位参議であった。当然、宮廷の相撲節会に招かれたであろうから、自宅で七夕宴を開いていない。さらに、次項で述べるが、熊凝の歌が、天平三年にも七月七日に相撲節会が開かれたことを示す。『続紀』の記事によれば、天平六年にも七月七日に相撲節会が開かれている。天平四年、五年については確かなことは分らないので推測になるが、天平二年以降、相撲節会を七月七日に行うことが定着していったようすである。そうであれば、天平二年以降、房前宅で七夕宴は開かれなかったであろうから、歌一七六四・一七六五が作られたのは天平元年になる。

とすると、憶良作の歌一五二〇・一五二一・一五二二と、房前宅で作られた歌一七六四・一七六五は、同じ年の七夕に、異なる場所で詠まれたことになる。憶良の歌は彦星が織女とたやすく逢えない嘆きを訴えるのに比べ、房前宅の歌では、裳も濡らさず来られますよ、と織女が詠う。彦星の苦悩とは無縁である。

2　七月八日の七夕宴

天平二年

七月七日に開かれる宴は、ただの宴会ではない。祖霊祭の神事に続く直会《なおらい》である。[15] それが、天平二年には七月七日に開かれなかったのは、天候が悪かったために八日に延期になったとされたりする。しかし、七夕は星祭りではないから、それが理由であったとは考えられない。七夕が神事であったとすると、簡単に日取りが変更されるはずがない。

吉田宜の返書には、帰途につく相撲部領使《すもうのことりづかい》にことづけて届ける、と記されている。聖武天皇は神亀五年（七二八）四月に、騎射、相撲にすぐれた者、または力自慢の者を、勅があったときには貢進せよ、との勅を諸国に対し出している。部領使は徴用された人たちを護送する官である。宜の書簡から、天平二年七月七日に宮廷で相撲節会が行われたことが判明する。勅が前もって発せられ、筑前国からも相撲人が送られたのであろう。節会は、天皇が群臣を集めて行った公式行事で、饗宴を伴った。旅人がこの宴に招かれていないのは、遠方であったためか。天皇が公式行事を行う日に、一氏族の長が宴を開くことは、憚られたであろう。

宜の返信には、「大宰府に旅寝し、過去を懐かしんでは心を痛め、年月が早く去ってしまい、若い当時を偲んでは落涙なさるとお手紙にございましたが」「どのようにして苦しいお気持をお慰めすればよいでしょう」と記されている。天平元年一〇月七日、旅人は歌八一〇と書簡をそえて藤原房前に和琴を贈っているが、それに対する房前の礼状と歌八一二は一一月八日付である。旅人からの琴と書簡は、一ヵ月足らずで大宰府から都に届いていたことが知られる。旅人の宜宛書簡は、遅くとも五月初旬には届いていたはずである。宜はなぜすぐにではなく、七月一〇日になって返書を送ったのか。

都にいた宜は、当然、天皇が設けた七月七日の相撲節会を知っていた。また、それゆえに、旅人が祖霊祭を七月七日に祀ることができないことを知っている。氏上《うじのかみ》でありながら一族の神を祖霊祭の日に祀れない旅人を慰めようとして、書簡をしたためたのであろう。

山上憶良の返歌

佐用姫歌群に関連して記したように、七月一一日、憶良は書簡にそえて三首の歌を旅人に送っている。心中の鬱屈した気分を除こうとして詠んだ、とある。

歌八六八に「松浦潟」とあることからも、松浦川の歌を見ての反応と判明する。天平二年七月八日、帥の家に集ったおりに、憶良は松浦川歌群を旅人から見せられたのであろう。また「佐欲比売」の名を用いることから、七月八日の集いで憶良は佐用姫歌群をともに詠んだと考えられる。

歌八六八は、領巾振りの峰の名は聞くだけで充分である、が大意で、ぜひ見たいと思うようすはない。喜ばしい追憶がまつわる地でもなかったためであろうか。

歌八六九のタラシヒメは、神功皇后をさす。皇后が魚を釣るためにその上に立った岩という細部まで記し、松浦川歌群との関連を示す。句末尾「石を誰見き」は、直訳すれば「その石を誰が見ただろう、誰も見ていない」である。そんな石は存在しない、ということになる。含みとしては、新羅遠征往路、松浦川中の岩に座してなされたとされる皇后の占いを否定する。ひいては、新羅遠征を命じたとされるスミノエ三神の出現を否定する含みをもつのではないか。

歌八七〇には、今日行って明日帰ってこられる松浦道に、何が邪魔して行けないのだろうか、とある。何も妨げるものはない。行きたくもない、が歌の趣旨か。

憶良は松浦川歌群や佐用姫歌群が、ツツノオ神の奉祭に関係することを読み取ったであろう。憶良の出自については諸説あるが、(16)『姓氏録』右京皇別下は大春日朝臣と同祖とする。事実とすれば、柿本人麻呂と同祖ということになる。憶良も丸邇氏であった。海神のおとめを奉じる一族であり、旅人の心境を共有したと思われる。

七月八日の旅人宅での集いには、憶良以外の人もいたであろう。七夕に先祖を祀ることのできない憤懣を吐露する場ではない。七月一一日になってから、旅人に想いのままを洩らしたのであろう。

天平三年

翌天平三年の七夕に関連する歌がある。肥後国益城郡《ましきぐん》の人であった一八歳の青年大伴君熊凝《くまごり》が相撲使《すもうのつかい》の従人として都に向かうが、道中で病を得、安芸国佐伯郡高庭で亡くなっている。彼の死を悼む歌が大典《だいてん》麻田《あさだの》陽春《やす》によって二首（八八四、八八五）詠まれている。陽春の歌に唱和した憶良の歌六首（八八六―八九一）と序がある。憶良作の序から、天平三年にも相撲節会が平城宮で開かれたことがわかる。

大伴君熊凝という名は、彼が大伴氏であったことを示す。「大伴君」とあるが、「君」は単なる尊称ではないだろう。従人であった熊凝に尊称をつける必要はない。とすると、姓《かばね》である。カバネとしての「君」について確たることは分らないが、天武天皇が一三年（六八四）に制定した八色《やくさ》の姓《かばね》は、上から、真人《まひと》・朝臣《あそみ》・宿禰《すくね》・忌寸《いみき》・道師《みちのし》・臣《おみ》・連《むらじ》・稲置《いなき》で、「君」は含まれない。他方、『古事記』継体天皇条には、竺紫君《つくしのきみ》石井《いわい》の名が出てくる。『日本書紀』継体天皇二一年条には筑紫国造《つくしのくにのみやつこ》磐井《いわい》とある。「君」のカバネは、天武一三年以前に、地方豪族に与えられたものであった可能性がある。「君」と呼ばれる熊凝は、豪族の子弟であったのではなかろうか。

憶良の序文によれば、熊凝は六月一七日に出発している。七月七日までに都に着かなくてはならないから、旅程は最長で二〇日間である。現在の熊本県にあたる肥後国益城郡から平城京までを徒歩で行くと、一日、何時間位歩くのだろうか。熊本市から奈良市までの距離を調べると、運転ルートで七三七キロメートルとある。それを二〇日で達成するには、一日に三六キロメートル余をこなさなくてはならない。早足で行くとしても、舗装されていない、知らない道である。毎時五キロの速度で歩いたとして、一日、七時間余を二〇日間歩かねばならない。旅にかかる費用は自前のようである。二〇日間分の食料を担ぐことはできないだろうから、持てるだけの糧と旅費を準備せねばならなかったであろう。また従人であるから、上役の荷物なども担わされたと思われる。

熊凝に代わって憶良が詠んだ長歌八八六の後半には、

己《おの》が身し　労《いた》はしければ　玉桙《たまほこ》の道の隈廻《くまみ》に　草手折《たお》り　柴取り敷きて　床じもの　うち伏して　思ひつつ
嘆き伏せらく　国にあらば　父取り見まし　家にあらば　母取り見まし　世の中は　かくのみならし　犬じもの　道に伏してや　命過ぎなむ

とある。「体が苦しいので、道の片隅に草を手折り小枝を取って敷き、床にして倒れ伏して」というのだから、道中、休む寝床もない。

歌八八八には、

常《つね》知らぬ　道の長手《ながて》を　くれくれと　いかにか行かむ　糧《かりて》はなしに
〈一に云ふ、「干飯《かしひ》」はなしに〉

「行き慣れない遠い旅路を暗い心で、どうして行けばよいのか、食料も持たずに」と嘆く熊凝の歌から、彼の死は餓死であったと思われる。文字通り、犬のように道に這いつくばって命を終えたのであろう。歌は、相撲節会のため上京する旅の過酷さを写し出し、宮廷での華やかな相撲節会の裏面を炙り出している。

天平二年末に、旅人は大納言となって帰京する。天平三年（七三一）正月に従二位に昇叙する。熊凝の歌は、七夕と融合させられた相撲節会が天平三年にも七月七日に開かれたことを示す。高官であった旅人も、この節会に招かれたであろう。七月二五日没であるが、もし病に伏せていなかったら、旅人も相撲節会に出席したと考えられる。彼自身が氏人たちを招いて七夕宴を開くなど、ありえなかっただろう。相撲使一行などから、氏人であった熊凝の身に起こったことを聞いただろうか。

Ⅲ　旅人亡き後の七夕

1　相撲節会の定着

『続日本紀』によれば、大宝元年以後、文武・元明・元正天皇の時代には、七夕の祖霊祭が妨げられるような行事は見当たらない。聖武天皇になってからは、七月七日に関する記述が多くなる。旅人没後、七夕にはどのような行事が行われたのか、以下、『続日本紀』から関連記事を引用する。[17]

天平四年七月六日　天皇は詔して、猪四〇頭を買い取り、山野に放って寿命を全うさせた。
天平五年七月六日　初めて大膳職《だいぜんしき》に命じて盂蘭盆の供養の備えをさせた。

天平六年七月七日　天皇は相撲の技をご覧になった。この夕べ、南苑に移って、文人たちに命じ七夕の詩を作らせられ、出来に応じて禄を賜った。

天平八年六月二七日　天皇は芳野離宮に行幸された。

七月一〇日　詔して、芳野監《げん》とその近辺の国々の人民に物を与えた。

七月一三日　天皇は平城京へ帰られた。

天平九年七月一〇日　伊賀・駿河・長門の三国の飢饉と疫病で苦しむ人民に物を恵み与えた。

天平一〇年七月七日　天皇は大蔵省《おおくらのつかさ》に出御して、相撲をご覧になり、夕方になって、御殿の前の梅の木の歌を詠むように、才子たちに勅《みことのり》をした。

天平四年の七夕前日に猪四〇頭を山野に放ったのは、盂蘭盆の供養としてであろう。五年の盂蘭盆の供養の準備とは、仏教の教えに従ってなされた、僧たちへの饗膳の準備であっただろう。六年は、相撲節会である。七年、七夕についての記事はない。八年、天皇は芳野へ行幸している。官人たちを随行させてであろう。九年、飢饉と疫病で苦しむ人民に物を与えたのは、盂蘭盆の供養としてであろう。一〇年（七三八）の七夕は、相撲節会である。

天平二年と三年に相撲節会が開かれたことは、『万葉集』の歌からうかがわれる。『続日本紀』に記録されている相撲節会は天平六年と一〇年であるが、その間は節会が開かれなかったということではないだろう。相撲人を各地から徴用するためにも、天平の初め頃から恒例化していたと考えられる。

天平一〇年（七三八）の相撲節会の後の宴では、文学に心がけのある三〇人が、詔を受けて詩を作った、とある。それも、梅の木を詠むように、との詔であった。旧暦の秋の初め頃の梅の木は、何の風情もない。それを春の心で詩にするように、との天皇の命である。天平二年正月一三日に旅人が開いた梅花宴を嘲弄するかのようである。

2　大伴家持と七夕

天平一〇年（七三八）

天平一〇年七月七日、天皇が宴を開き、才子たちに梅の木の歌を作るよう命じた夕べ、旅人の息子家持が歌を詠んでいる。

十年七月七日の夜に、独り天漢《あまのがは》を仰ぎて、聊《いささ》かに懐《おもひ》を述ぶる一首

織女《たなばた》し　舟乗りすらし　まそ鏡　清き月夜に　雲立ち渡る（三九〇〇）

この歌を詠んだ当時、家持が何歳であったのか明らかでない。誕生については諸説あり、養老二年（七一八）とも四年（七二〇）ともされる。天平一〇年（七三八）には二〇歳前後で、内舎人《うどねり》になっている可能性がある。(18) 若年で官位も低く、歌人としても認められていなかったのであろう。宮廷の宴には招かれず、独り、自宅で歌を詠んでいる。当時、大伴一族の氏上《うじのかみ》でもなかったらしい。彼が宴を開かないとしても、同族の誰かが祀る祖霊祭に一族が集ったようすでもない。「独り」という語は、同じときに開かれている宮廷の宴を背景に、家持の状況を

浮彫りにする。

この歌では、織女が舟に乗ろうとしている。彦星ではない。『万葉集』中の七夕歌のほとんどでは、中国伝説とは異なり、彦星が天の川を渡って織女を訪れる。それに反して、家持の歌では織女が川を渡るのは、なぜか。大伴氏が祖神を祀ることができない状況を、天の川を渡らない彦星に仮託しているのではなかろうか。舟に乗り彦星を訪れようとする織女には、氏人たちが祀れないなら自ら子孫のもとに来ようとする祖神が託されているのではないか。それが彼の切望であったのではないか。

「清き月夜に雲立ち渡る」とは、どのような風景であろうか。「清き月夜」であれば、雲ひとつなく月の輝き渡る夜を思わせる。しかし、「雲立ち渡る」とあるから、清い月夜に雲が広がり、月夜を翳らせているのであろう。大伴氏の繁栄のかげりとあわせて、家持の心境を表すだろう。

天平勝宝元年（七四九）

天平一七年（七四五）正月、家持は従五位下を授位され、翌年六月には越中国守に任じられる。天平感宝元年（七四九）四月、家持は従五位上に昇位する。同年七月二日、聖武天皇は譲位、孝謙天皇が即位し、天平勝宝に改元される。その七夕に、家持は長歌と反歌二首を詠んでいる。

七夕歌一首　并《あは》せて短歌

天照らす　神の御代より　安の川　中に隔《へだ》てて　向かひ立ち　袖振り交《かは》し　息の緒に　嘆かす児ら　渡り守《もり》
舟も設けず　橋だにも　渡してあらば　その上《へ》ゆも　い行き渡らし　携はり　うながけり居て　思ほしき

言も語らひ　慰むる　心はあらむを　なにしかも　秋にしあらねば　言問《ことど》ひの　乏《とも》しき児ら　うつせみの
世の人我《われ》も　ここをしも　あやに奇《くす》しみ　行き変《か》はる　年のはごとに　天の原　振り放《さ》け見つつ　言ひ継《つ》ぎ
にすれ（四一二五）

反歌二首

天の川　橋渡せらば　その上ゆも　い渡らさむを　秋にあらずとも（四一二六）

安の川　い向かひ立ちて　年の恋　日《け》長き児らが　妻問ひの夜《よ》そ（四一二七）

右、七月七日に天漢《あまのがは》を仰ぎ見て、大伴宿禰家持作る。

「舟や橋があれば、彦星と織女は天の川を渡り、思うことを語りあい慰めあうこともできように、なぜ秋でないと逢うことも稀な二人なのか、我々もそれを不思議に思い、語り継ぐのだ」というのが、長歌の大意である。「世の人我《われ》」の立場から詠まれている。

「思ほしき　言も語らひ　慰むる　心はあらむを」とあり、彦星と織女は、思うことを語り、慰め合いたいことであろう、と思いやる。それができない彼らを、「言問ひの　乏しき児ら」と呼んでいる。なぜ秋でなければ言問いが許されないのか、それが疑問で語り継ぐ、という。思うことを語り合えない彼らに対する家持の共感が見られる。(19)

これらの歌は、どのような場で詠われたのであろうか。『万葉集』では巻第十八に収められている。この巻は天平二〇年（七四八）春三月から天平勝宝二年（七五〇）二月までの二年間の歌を収めている。その目録には、どのような場で詠まれたかが詳細に記されており、宴において詠まれた歌とそうでない歌とが判別できる。(20)上記の七夕歌は宴において詠まれたものではない。家持が独りの時に詠んだものである。

天平勝宝三年（七五一）

天平勝宝三年三月に、家持は七夕歌一首（四一六三）を作っている。七夕歌を、なぜ三月に詠んだのか。三月の七夕歌は、どのような意味をもつのであろうか。

家持は三月九日に、出挙《すいこ》の事務の用で旧江《ふるえ》村に行っており、そのおりに詠んだ一連の歌がある。

歌四一五九　渋谿《しぶたに》の崎を過るとき巌の上の木を見て詠む歌
歌四一六〇―四一六二　世の中の無常を悲しむ歌一首と短歌
歌四一六三　あらかじめ作った七夕歌一首
歌四一六四―四一六五　勇士の名誉を奮い立てることを願った歌一首と短歌

当七夕歌はこの歌群に属している。歌四一六三を理解するために、その前後の歌を見てみる。

歌四一五九

磯《いそ》の上の　つままを見れば　根を延《は》へて　年深からし　神《かむ》さびにけり

「磯」は岩場の海岸である。題詞に「木の名はつまま」と付記されている。ツママは常緑高木のタブノキのこととされる(21)。年を経ると根が地上に現れる。「神さぶ」は神々しくなることを意味する。海辺のツママが岩の上に根を張っていて、年を重ね、神々しいようすを詠っている。海辺の岩場という厳しい環境にありながら、岩の上にまで根を張っている老木の生命力に神聖さを感じたのであろう。
家持の念頭には、父旅人が大宰府から帰京の途中、鞆の浦を過ぎるときに詠んだ歌四四八があったであろう。

磯の上に　根延《ねば》ふむろの木　見し人を　いづらと問はば　語り告げむか（四四八）

旅人は磯の上に根を張っている木を見て、その木をともに見た妻がもういない悲しみを詠んでいる。このときの旅人は、切望していた帰京の途上とはいえ、妻を失い、祖霊祭を七月七日に祀ることもかなわず、傷心と失意を抱いていたであろう。逆境にありながら根を広げるむろの木の生命力を見て、活力をえる思いがしたのではないか。

渋谿の崎で岩の上に根を延ばしているツママを見た家持は、当時の父の想いに心を馳せたのであろう。父と同じように失意を抱きながら、厳しい環境で根を張るツママを見て、活力をえたのではなかろうか。

歌四一六〇—四一六二

題詞に「世の中の無常を悲しむ歌　并《あは》せて短歌」とある長歌四一六〇は、「天地の　遠き初めよ　世の中は　常なきものと　語り継ぎ」と始まり、「吹く風の　見えぬがごとく　行く水の　止まらぬごとく　常もなく　うつろふ見れば　にはたづみ　流るる涙　留めかねつも」と結ばれる。

「世の中は　常なきものと」という表現は、旅人の「凶問《きょうもん》に報ふる歌」（七九三）にある「世の中は　空しきものと」に重なる。神亀五年六月二三日にこの歌を作ったとき、旅人が妻を失った悲しみに打ちひしがれていたことは、冒頭で述べたとおりである。岩の上に根を張るツママを見て、家持は父の当時の悲しみに心を寄せていたばかりではなく、世の中の無常を自身も痛いまでに感じていたのであろう。天平一〇年に天皇が設けた七夕宴は、大伴氏の凋落をあからさまにした。また大伴氏が尊んだようすの祖霊祭は朝廷の節会となり、一族の祭祀も神祇官のもとに置かれてままならない。

言問はぬ　木すら春咲き　秋付けば　黄葉《もみち》散らくは　常《つね》をなみこそ（四一六一）
〈一に云ふ「常なけむとそ」〉
うつせみの　常なき見れば　世の中に　心付《つ》けずて　思ふ日そ多き（四一六二）
〈一に云ふ「嘆く日そ多き」〉

長歌に続くこれら短歌二首は、世の無常にさらされている家持の悲しみを示す。

歌四一六四―四一六五

題詞には、「勇士の名誉を奮い立てることを願った歌一首と短歌」とある。長歌四一六四は「ちちの実の　父の命　ははそ葉の　母の命　凡《おほ》ろかに　心尽くして　思ふらむ　その子なれやも　ますらをや　空しくあるべき」と始まる。「尊敬する父と母が心を尽くして愛してくれた子である自分が、ますらおとして空しくあってよいものか」というのが大意であろう。明らかに父と母を念頭にして詠んでいる。

ますらをは　名をし立つべし　後の世に　聞き継ぐ人も　語り継ぐがね（四一六五）

では、ますらおとして後世に語り継がれる名を立てよう、という決意が詠われる。失意にあって、自分を鼓舞しようとするのであろう。

歌四一六五の左注には、「右の一首、山上憶良臣の作る歌に追和す」とある。「臣」を氏名の後につけ、敬意を表している。追和された憶良の歌は、

士《をのこ》やも　空しくあるべき　万代《よろづよ》に　語り継ぐべき　名は立てずして（九七八）

である。題詞に「山上臣憶良、沈痾《ぢんあ》の時の歌一首」とある。左注によれば、憶良の病状が重くなった時に、藤原八束《やつか》が河辺朝臣東人《あづまと》を遣わして問わせたところ、憶良臣が返事をし終わって、しばらくしてから涙を拭って悲嘆して、この歌を口ずさんでいる。この後、まもなく憶良は卒したと考えられる(22)。

学識がありながら朝廷から疎んじられたようすの憶良は、旅人に似る。歌九七八は、死を予感し、名を立てられなかったことを嘆く。家持は追和の歌を作ることによって、彼の名が語り継がれていることを証ししようとするのであろう。そして、ますらおに徹しようとする自分をも、後世の人が語り継いでくれるようにと願っている。

家持は、旅人や憶良の歌をそらんじていたのであろう。折に触れて彼はそれらを思い出し、同じ言葉を用い、彼らの想いに寄り添いながら、自分自身の心境を詠うようである。

歌四一六三

旧江村で家持が詠んだ七夕歌四一六三の題詞には、「予《あらかじ》め作る七夕の歌一首」とある。

妹《いも》が袖　我枕《われまくら》かむ　川の瀬に　霧立ち渡れ　さ夜更《よふ》けぬとに

「枕く」は、枕にして寝る意である。妻の袖を枕にして寝たいと、彦星の立場から詠まれている。歌前半の解釈については、問題はない。後半の「霧立ち渡れ」は、何を意味するのであろうか。

『万葉集』には、旅人の「凶問《きょうもん》に報ふる歌」に続いて、憶良が旅人の妻の死を悼み、旅人の身になって作った「日本挽歌」が収められている。神亀五年七月二一日に旅人に献じられたもので、長歌と反歌五首からなる（七九四―七九九）。歌七九九には、

大野山　霧立ち渡る　我が嘆く　おきその風に　霧立ち渡る

とある。「おきそ」はためいき・嘆息の意である。作者不明の歌三五八〇には、

君が行く　海辺の宿に　霧立たば　我《あ》が立ち嘆く　息と知りませ

とある。嘆きの息が霧になる、と考えられていたらしい。憶良の歌は一首中に「霧立ち渡る」を二度繰り返し、嘆きの深さを強調している。

家持作の季節はずれの七夕歌四一六三を、旧江村に行ったさいに詠んだ一連の歌群中におくと、次のようなことが判明する。七夕歌の前におかれた歌四一五九は、父が悲しみを抱えた旅路で詠んだ歌を踏まえている。歌

四一六〇―四一六二は、「世の中の無常を悲しむ歌」という題詞をもち、旅人の「凶問《きょうもん》に報ふる歌」（七九三）にある「世の中は　空しきものと」に重なる。七夕歌のあとに置かれた歌四一六四―四一六五は、憶良の辞世の歌に追和して、ますらをとしての自分を励ます。

これら前後の歌を考慮に入れると、七夕歌四一六三の「霧立ち渡れ」は、霧が逢瀬を人目から隠してくれるように願う言葉とは考えがたい。「私の嘆きの息である霧よ、立ち渡ってくれ、夜が更けぬうちに」という意味と解釈できる。霧の立つのを見て、あなたに会えない私の嘆きを知ってください、と彦星が織女に呼びかける歌である。

旅人の歌や憶良の歌を背景にして、家持は彦星に託して自身の嘆きを詠うのであろう。それは、一族がこぞって祖霊を祀ることができない嘆きであろう。旧江村へ事務の用で行ったのであるから、同行の役人などがいて、この歌を詠んだとき家持は独りではなかったかもしれない。そうとしても、七夕宴とは関係のない歌である。旧江村に行ったおりに詠んだ一連の歌では、「語り継ぐ」が歌四一六〇と四一六五で用いられている。語り合うことが許されないなら、後世に語り継ごうとするのであろう。

天平勝宝六年（七五四）

天平勝宝三年の七月一七日、家持は少納言に遷任され（四二四八）、八月五日、京へ向かう（四二五〇）。天平勝宝六年の七夕に、家持は八首の歌を詠んでいる（四三〇六―四三一三）。

初秋風　涼しき夕《ゆうへ》　解かむとそ　紐は結びし　妹《いも》に逢はむため（四三〇六）

秋といへば　心そ痛き　うたて異《け》に　花になそへて　見まく欲《ほ》りかも（四三〇七）
初尾花《はつをばな》　花に見むとし　天《あま》の川　隔《へな》りにけらし　年の緒《を》長く（四三〇八）
秋風に　なびく河辺の　にこ草の　にこよかにしも　思ほゆるかも（四三〇九）
秋されば　霧立ち渡る　天の川　石並《いしな》み置かば　継ぎて見むかも（四三一〇）
秋風に　今か今かと　紐解《と》きて　うら待ち居るに　月傾《かたぶ》きぬ（四三一一）
秋草に　置く白露《しらつゆ》の　飽かずのみ　相《あひ》見るものを　月をし待たむ（四三一二）
青波に　袖さへ濡れて　漕ぐ舟の　かし振るほとに　さ夜更《よふ》けなむか（四三一三）

左注に「右、大伴宿禰家持、独り天漢《あまのがは》を仰ぎて作る」とある。

八首中、明らかに彦星の立場から詠んだもの（四三〇六、四三〇七）、織女の立場からかと思われるもの（四三一一）、第三者の立場からかと思われるもの（四三〇八）、いずれとも判明しないものなどあるが、彦星と織女が出逢ったとする歌はない。

歌四三一〇は出逢いを詠うという解釈があるが、はたしてそうであろうか。歌の後半を「天の川に石を並べて置けば、続けて逢えるだろうか」と理解することに問題はない。前半の「秋されば　霧立ち渡る」を、「秋になれば二人の逢瀬を霧が隠してくれるだろう」とする解釈があるが、疑問が残る。中国伝説では、織女と彦星の年に一度の逢瀬は天帝の認めるもので、隠す必要がない。「霧立ち渡る」は、歌四一六三の「霧立ち渡れ」との関連から考えても、二人の逢瀬を隠す霧が立ち渡る意味とは取れない。これらを考慮すると、「霧立ち渡る」は嘆きの霧が広がると理解するのが妥当と思われる。

七夕歌八首を作った年の一月四日には、家持は自宅に大伴氏族を招いて宴を催している（四二九八）。大伴氏の氏上としてであろう。ところが、上記八首の左注には「独り天漢を仰ぎて」とある。独り天漢を仰ぐのは、氏一族として祖霊祭を祀ることができなくなっているためと考えられる。歌四三一〇は「（祖霊祭を祀ることができない）秋になるとため息が出る。天の川に石を並べて置けば、続けて逢えるだろうか」の意と理解できる。

家持の七夕歌を並べてみると、いずれも独りで詠まれている。いずれも宴と関係がない。旅人の死後、大伴氏が七夕宴を開くことはなかったと考えられる。

天平勝宝元年に越中で詠んだ七夕歌では、彦星と織女を「言問ひの　乏しき児ら」と呼んでいた。歌は、彼らに対する家持の共感を表すと同時に、思うことを語り合うことができない彼自身の悲しみを詠うのではないか。

天平宝字元年（七五七）

この年施行になった養老律令雑令第三十の四十条諸節日条には、「正月一日、七日、十六日、三月三日、五月五日、七月七日、十一月大嘗の日を、みな節日とすること。（節会に参集した群臣へ節禄を）あまねく賜うについては、臨時に勅を聴くこと」と定められている。ここまで見てきたように、律令施行以前から、七月七日は宮廷行事の節日として徐々に実施され、律令化されたと考えられる。

まとめ

大伴旅人は、大宰帥として神亀四年（七二七）末頃、赴任した。着任後間もなく、同行していた妻郎女を亡くしている。天平二年（七三〇）一二月、旅人は大納言となって帰京する。天平三年七月二五日に没している。『万葉集』に収められる大伴旅人の歌のほとんどは、大宰府赴任から亡くなるまでの間に作られている。

山上憶良作の七夕歌から、天平元年七月七日、同二年七月八日に、帥宅で宴が開かれたことが分る。七夕宴は、ただの飲み食いの場ではなく、祖霊祭のあとの直会であった。宴を開いた主人旅人は、七夕歌を残していない。妻の死の悲しみを抱く旅人は、年に一度の彦星と織女との逢瀬を背景にした七夕歌を作る気持にはなれなかったであろう。天平二年七月八日の宴では、サヨヒメにまつわる歌を作り、宴の参加者が唱和したと考えられる。

天平二年になって、宴は七月七日ではなく、七月八日に開かれる。なぜなのか。吉田宜の書簡から、この年に七月七日に宮廷で相撲節会が開かれたことが分る。天皇の公式行事が行われる日に、大伴氏の長である旅人が祖霊祭を行うことははばかられたであろう。宮廷側では、一族の共同体意識が高まる祖霊祭を妨げる意図があったかと思われる。天平三年にも七月七日に相撲節会が開かれたことを、大伴君熊凝の歌が示す。

天平三年七月二五日の旅人の死後、天平一〇年（七三八）までの間に、相撲節会がどのように定着していったかを、『続日本紀』の関連記事から辿った。天平一〇年七月七日、天皇が宴を開き、才子たちに歌を作るよう命じた夕べ、旅人の息子家持が歌を詠んでいる。題詞に「独り天漢《あまのがは》を仰ぎて」とあり、家持宅で七夕宴が開かれていないことを明らかにする。それ以後、天平勝宝六年（七五四）に至るまで、家持は一三首の七夕歌を作っている。それらは、いずれも独りで詠まれたものである。旅人や家持の歌を辿ると、相撲節会が祖霊祭であった七夕に取って代わる過程を浮び上らせる。

註

（1）『新編日本古典文学全集　萬葉集　2』小島憲之他校注・訳、小学館、一九九五年。以下、『万葉集』の引用は『新編日本古典文学全集　萬葉集　1—4』による。
（2）旅人の異母妹・坂上郎女の最初の夫穂積皇子は、内親王の兄であった。神亀五年三月没。
（3）稲岡耕二『山上憶良』吉川弘文館、二〇一〇年、九九—一〇〇頁。
（4）「筆不ㇾ尽ㇾ言、古今所ㇾ歎」。
（5）松田浩「「報凶問歌」の「筆不人言」と一字一音の歌と——旅人にとっての歌とは何か」『古代文学』第47号、古代文学会、二〇〇八年、一〇三—一〇八頁。
（6）小島憲之『上代日本文学と中国文学　中』塙書房、昭和三九年、一〇三五頁。
（7）稲岡「佐用姫の歌群」『萬葉表記論』三七五—三七七頁。歌八七二—八七三については作者不詳、歌八七四—八七五は憶良作とする。同上書、三七八—三八〇頁。
（8）廣岡義隆「風土記逸文」『風土記を学ぶ人のために』二五〇—二五一頁。
（9）『新編日本古典文学全集　風土記』小学館、一九九七年、五二六—五二七頁。
（10）土橋寛『古代歌謡と儀礼の研究』岩波書店、昭和四〇年、二〇四頁。
（11）山本健吉『大伴家持』筑摩書房、昭和四六年、一四〇—一四一頁。
（12）『延喜式　巻八』「祝詞」、『日本古典文学大系1　古事記　祝詞』倉野憲司・武田祐吉校注、一九五八年、岩波書店、四二二—四二七頁。
（13）三宅和朗「古代大祓の基礎的考察」『史学』第59巻第一号、慶應義塾大学三田史学会、一九九〇年、三九頁。
（14）大伴坂上郎女の歌に、「千鳥鳴く　佐保の川門《かはと》の　瀬を広み　打橋《うちはし》渡す　汝《な》が来《く》と思へば」（五二八）とある。

(15) 土屋文明『萬葉集私注　四』筑摩書房、昭和四四年、三九四頁。
(16) 稲岡『山上憶良』四二―四八頁。
(17)『続日本紀（上）』現代語訳・宇治谷孟、講談社学術文庫、一九九二年。
(18) 山本『大伴家持』五―九頁。
(19) 森斌「大伴家持七夕歌の特質」『広島女学院大学日本文学』第十三号、二〇〇三年、三四頁。
(20) 歌四〇三二、四〇五二、四〇六一、四〇六六、四〇七〇、四〇八五、四〇八六、四一一六、四一三五、四一三六、四一三七は、宴が設けられたときに詠まれている。
(21)『越中万葉をたどる』高岡市万葉歴史館編、二〇一三年、九八―九九頁。
(22) 稲岡『山上憶良』三〇八頁。

六　高橋虫麻呂が見た大伴旅人の信仰

大伴旅人はどのような信仰をもっていたのだろうか。万葉歌人の一人高橋虫麻呂（生没年不詳）の作品からたどってみる。

Ⅰ　高橋虫麻呂が見た大伴旅人

「検税使大伴卿の、筑波山に登りし時の歌一首　并《あは》せて短歌」（一七五三、一七五四）は、『万葉集』中、「虫麻呂歌集中に出る」とされる一群の歌に含まれる。読み下し文は、以下のようである。(1)

衣手《ころもで》　常陸《ひたち》の国の　二並《ふた》ぶ　筑波の山を　見まく欲《ほ》り　君来《き》ませりと　暑《あつ》けくに　汗《あせ》かきなけ　木《こ》の根取り　うそぶき登り　尾《を》の上を　君に見すれば　男神《ひこかみ》も　許したまひ　女神《ひめかみ》も　ちはひたまひて　時となく　雲居《くもい》雨降る　筑波嶺《つくはね》を　さやに照らして　いふかりし　国のまほらを　つばらかに　示したまへば　嬉しみと　紐《ひも》の緒《をと》解きて　家のごと　解けてぞ遊ぶ　うちなびく　春見ましゆは　夏草《なつくさ》の　繁《しげ》きはあれど　今日《けふ》の

楽しさ

反歌

今日《けふ》の日に　いかにか及《し》かむ　筑波嶺に　昔の人の　来《き》けむその日も

長歌は、作者が筑波山頂まで「検税使大伴卿」と登ると、筑波嶺の絶景が姿を現わした。暑い時に汗をかきながら登った山頂で、衣の紐を解いて、家にいるようにくつろいで遊んだ、とその楽しさを詠う。反歌は、今日ほどすばらしい日はない、と讃える。

1　「検税使大伴卿」

ここに登場する「検税使大伴卿」とは、いったい誰を指すのであろうか。

養老三年（七一九）九月八日、正四位下の大伴旅人は山城国の摂官に任じられている。摂官は畿外の按察使《あぜち》に該当する。按察使とは、地方行政を監督する令外の官職で、数ヵ国の国守の内から一人を選任し、その管内における国司の行政の監察を行った。養老三年七月一三日に、初めて按察使が設置され、藤原宇合《うまかい》（六九四—七三九）を含む一一名が任命された。管轄地域を巡回し治安を維持するのが按察使の主務であった。常陸国守であった正五位上宇合の管轄下には安房国、上総国、下総国の三国が置かれた。旅人が摂官に任じられたのは、その二ヵ月ほど後のことである。

旅人が検税使であったのは、山城国摂官に任じられる前か、それとも後であろうか。摂官に任じられた年の翌養老四年二月に隼人が反乱を起こしており、三月に旅人は征隼人持節大将軍に任命され、六月に派遣されるから、検税使であったのは摂官任官後のことではないだろう。検税使は国司の財政を点検する、令外の臨時で短期の任務である。財政のみに関係する任務であって、治安維持を任務とした按察使より軽い職務といえる。この点から考えても、旅人が検税使を任じられたのは、摂官任命以前と考えられる。

旅人が検税使であったのが養老三年九月前とすると、いつのことか。和銅八年（七一五）五月一日、朝廷は土断法を発令している。税を逃れるため他郷に三ヵ月以上留まっている農民に対して、在地で調庸を徴収することを命じた法である。土断法は諸国から上京した朝集使への勅というかたちで発せられている。農民生活を安定させるのは、地方行政にあたる国郡司の能否にあるとして、監察のために中央から巡察使を派遣することを指示している。この頃から、中央政府が国郡司への観察を強化したとの指摘がある(2)。

同年五月一四日の詔では、諸国の調庸の納期が国司の怠慢で遅れることがないよう、また諸国において製造する武器が堅牢であるかを、巡察使に点検するよう命じている。九月、元明天皇が元正に譲位し、霊亀と改元する。同年一〇月七日の詔は、国司が農民を教え導き、麦と稲をともに植えさせるように命じている。翌年の霊亀二年四月、ふたたび詔し、調を運んでくる農民の状態をくわしく観察し、国司の行政を評価するよう命じる。一連の詔の意図は、律令制支配を地方に貫徹させることであっただろう。

和銅八年五月一日の土断法発令後、五月二二日には、従四位上の旅人が中務卿に任じられている。中務省は太政官の下に属する八省の一つであるが、そのうち一段格が高いとされる。中務省の職掌が諸国戸籍・租調帳を含んでいたことが、職員令義解から知られる(3)。租調の実物は地方諸国と大蔵省が扱うが、帳簿の管理と、その内容の数字上の把握は中務省の職掌であった。中務卿は、その長官である。中務卿に任じられた旅人は、巡察のために自ら常陸に出向いたと考えられる。歌一七五三の題詞にある「検税使大伴卿」の「卿」は、中務卿であった旅人の巡察当時の尊称であろう。「検税使大伴卿」が誰をさすかについて諸説あるが、(4)通説に従って旅人としてよいと思われる。

検税使であったのは和銅八年(七一五)五月二二日以降、養老三年(七一九)山城国の摂官に任じられる九月八日までであろう。下限は、もう少しつめることができる。同年七月に常陸国守であった宇合は三国を管轄する按察使に任じられている。宇合が常陸国守になったのは、それ以前のことになる。遣唐副使であった宇合は養老二年(七一八)一二月に帰国している。養老三年の初頭には、宇合は常陸に国守として赴任していたと思われる。旅人が常陸国を監察のため訪れたのは、宇合が常陸国守になる以前のことであろう。旅人が検税使であった期間の下限は、養老二年末になる。また、歌一九七三は、「検税使大伴卿」の訪れが夏であったとするから、養老二年夏が下限である。

2　高橋虫麻呂

虫麻呂の出生・履歴は、はっきりしない。正倉院文書に、天平一四年(七四二)一二月一三日付で東大寺に優婆塞を具申した少初位上の高橋蟲麻呂の名が見えるが、同名異人かも知れないとされる。(5)彼については、『万葉集』の歌そのものから推測するほかない。虫麻呂作と明記される作品は巻六歌九七一・九七二のみで、他はすべて「虫麻呂歌集中に出る」(一七三八—一七六〇、一八〇七—一八一一)、または「虫麻呂歌中に出る」(一七八〇、一七八一)と記される。

和銅七年（七一四）一〇月に、従四位下であった石川難波麻呂（生没年不詳）が常陸国守に任じられていた。難波麻呂は宇合が赴任するまで国守であったと思われる。旅人が常陸に赴いたのが、和銅八年（七一五）五月二二日以降、養老二年（七一八）夏までの間とすると、当時、国守であったのは難波麻呂である。(6)虫麻呂作「検税使大伴卿の、筑波山に登りし時の歌一首　并せて短歌」は、難波麻呂が常陸国守であった期間の作品と推定できる。当時、虫麻呂は難波麻呂のもとで働く官吏であったのだろう。

同じく巻九に収められる歌一七八〇とその反歌も「虫麻呂歌中に出る」とされる。題詞に「鹿島郡の刈野橋《かるのばし》にして、大伴卿と別るる歌一首　并せて短歌」とある。常陸国での任務を終えて帰京する旅人と別れる折に詠まれた歌である。以下は、その読み下し文である。(7)

牡牛《ことひうし》の　三宅《みやけ》の潟《かた》に　さし向かふ　鹿島の埼に　さ丹塗《にぬ》りの　小船《をぶね》を設《まう》け　玉巻《たまま》きの　小梶《をかじ》しじ貫《ぬ》き　夕《ゆふ》潮《しお》の　満《み》ちのとどみに　み船子《ふなこ》を　率《あど》ひ立てて　呼び立てて　み船出《い》でなば　浜も狭《せ》に　後《おく》れ並《な》み居《い》て　臥《こ》ひまろび　恋《こ》ひかも居《を》らむ　足ずりし　音《ね》のみや泣かむ　海上《うなかみ》の　その津をさして　君が漕《こ》ぎ行かば

反歌

海《うみ》つ路《ぢ》の　和《な》ぎなむ時も　渡らなむ　かく立つ波に　船出《ふなで》すべしや

船で去っていく旅人を見送るとき、「臥ひまろび　恋ひかも居らむ　足ずりし　音のみや泣かむ」（身もだえして慕い、足ずりし、声を立てて泣くだろう）という。反歌は、このように波の荒い日に旅立ちしていいのだろうか、と旅路の安全を気づかっている。

長歌に見られる惜別の表現は、大げさとも思えるほどである。旅人とともに過ごした日々は長くはなかったであろうに、虫麻呂の旅人に対するこのような親近感は、どこから来るのだろう。旅人が常陸を訪れる以前から知遇であったゆえか、それとも、短期間に文字通り胸襟を開き親密さを抱かせる旅人の人柄に由来するのであろうか。

天平四年（七三二）八月、藤原宇合が西海道節度使に遣わされる時に、虫麻呂が詠んだ歌（九七一）と反歌がある。以下が、その読み下し文である。(8)

白雲《しらくも》の　竜田《たつた》の山の　露霜《つゆしも》に　色付く時に　うち越えて　旅行く君は　五百重山《いほへ》　い行《ゆ》きさくみ　賊守《あたまも》る　筑紫に至り　山のそき　野のそき見よと　伴の部《へ》を　班《あか》ち遣はし　山彦の　応《こた》へむ極《きは》み　たにぐくの　さ渡る極み　国状《くにかた》を　見《め》したまひて　冬ごもり　春さり行かば　飛ぶ鳥の　早く来まさね　竜田道《たつたぢ》の　岡辺《おかへ》の道に　丹《に》つつじの　にほはむ時の　桜花《さくらばな》　咲きなむ時に　山たづの　迎《むか》へ参《ま》ゐ出む　君が来《き》まさば

反歌

千万《ちよろづ》の　軍《いくさ》なりとも　言挙《ことあ》げせず　取りて来ぬべき　士《をのこ》とそ思ふ

竜田の山を越えていく君が任務を立派に果たし、無事に帰還するときには、竜田道に迎えに出ましょう、が長歌の大意である。竜田道は大和と難波を結ぶ道である。大和から出発する宇合を見送るのであるから、虫麻呂は大和にいる。常陸国守であった難波麻呂に仕えたようすの虫麻呂は、国守が宇合に代わってからも官吏として常陸に留まっていて、宇合の面識をえたのであろうか。

　虫麻呂作の歌の題詞および作品中に見える地名は、広範囲にわたっているが、大久保廣行氏は三群に分類される。(9)（A）大和、河内、摂津、（B）常陸、上総、下総、武蔵、（C）駿河、筑紫、である。大別すると、都およびその近辺のグループ（A）、常陸を中心とする東国グループ（B）、都から下向途中の駿河（C）となる。いずれも宇合の任地先であり、虫麻呂は常陸以来、宇合の属官として同行していたと思われる。

　節度使に遣わされる宇合に捧げられた歌は、上司をたたえ、任務を無事に果たし帰還することを願っている。この歌を、大伴旅人との別れに際して虫麻呂が詠んだ歌と比べると、差異が浮かぶ。宇合は戦場ではないにしても、軍備のために派遣されるのであるから、別れを惜しむ歌になりえないのは当然である。しかし、上記のような歌は、歌人でさえあれば虫麻呂以外の別人であっても詠みえた儀礼的な歌である。他方、旅人との別離を惜しむ歌は、虫麻呂の旅人に対する敬愛の情から生まれている。虫麻呂でなくては詠めない歌である。

Ⅱ　万葉歌浦島伝が描くシマコ像

「水江《みずのえ》の浦嶋子《うらのしまこ》を詠む一首　并《あは》せて短歌」（一七四〇、一七四一）の読み下し文は、以下のようである。(10)

　春の日の　霞める時に　墨吉《すみのえ》の　岸に出で居て　釣舟の　とをらふ見れば　古《いにしへ》の　ことそ思ほゆる　水
江の　浦嶋児が　鰹釣り　鯛釣り誇り　七日まで　家にも来ずて　海界《うなさか》を　過ぎて漕ぎ行くに　海若《わたつみ》の

神之女《かみのをとめ》に　たまさかに　い漕ぎ向かひ　相とぶらひ　言成りしかば　かき結び　常世に至り　海若の　神の宮の　内の重の　妙なる殿に　携はり　二人入り居て　老いもせず　死にもせずして　永き世に　ありけるものを　世の中の　愚か人の　我妹子《わぎもこ》に　告《の》りて語らく　しましくは　家に帰りて　父母に　事も語らひ　明日のごと　我は来なむと　言ひければ　妹が言へらく　常世辺に　また帰り来て　今のごと　逢はむとならば　この篋《くしげ》　開くなゆめと　そこらくに　堅めしことを　墨吉に　帰り来りて　家見れど　家も見かねて　里見れど　里も見かねて　怪しみと　そこに思はく　家ゆ出でて　三年の間に　垣もなく　家も失せめやと　この筥《はこ》を　開きて見てば　もとのごと　家はあらむと　玉篋《たまくしげ》　少し開くに　白雲の　箱より出でて　常世辺に　たなびきぬれば　立ち走り　叫び袖振り　臥《こ》いまろび　足ずりしつつ　たちまちに　心消失せぬ　若かりし　肌も皺みぬ　黒かりし　髪も白けぬ　ゆなゆなは　息さへ絶えて　後《のち》遂に　命《いのち》死にける　水江の　浦嶋子が　家所見ゆ

反歌

常世辺《とこよべ》に　住むべきものを　剣大刀《つるぎたち》　汝が心から　おそやこの君

1　作歌年代

冒頭に、「墨吉《すみのえ》の岸」とあるが、墨吉はどこを指すのであろうか。『万葉集』では、当該歌以外では、歌二八三、一一五〇、一三六一、四二四五に「墨吉」の表記が見られる。いずれも摂津国のスミノエを意味している。(11)ここでも摂津国墨吉を指すと考えてよいだろう。

「釣舟の　とをらふ見れば　古《いにしへ》の　ことそ思ほゆる」からは、作者が春ののどかな風景から古のことを思い起すようすを伝えるが、虫麻呂が墨吉でこのような気分を味わったのは、いつのことだろう。

先に述べたように、藤原宇合は西海道節度使に任じられた天平四年（七三二）八月、虫麻呂は宇合を送る歌九七一、九七二を作っている。その歌から、当時、虫麻呂は宇合の属官として仕え続け、大和にいたことがうかがわれた。

宇合は、神亀三年（七二六）一〇月に知造難波宮事に任じられている。天平四年三月二六日、藤原宇合ら以下、士丁以上のものが、難波宮造営の功に対して褒賞を受けている。天平四年まで、知造難波宮事であった期間、宇合は京と難波をたびたび往復したことが考えられる。虫麻呂歌集中に「春三月、諸《もろもろ》の卿大夫等《きょうだいぶ》の難波《なには》に下るときの歌二首　并《あは》せて短歌」（一七四七―一七四九）、「難波に経宿《やど》りて明日《あくるひ》に還《かへ》り来る時の歌一首　并せて短歌」（一七五一―一七五二）という題詞をもつ歌がある。「春三月」とは、宇合が知造難波宮事であった期間の三月のことであろう。(12)「諸《もろもろ》の卿大夫等《きょうだいぶ》」は誰をさすのか定かでないが、天平四年に、難波宮造営の功に対して褒賞を受けた人々が可能性として考えられる。

天平六年三月一〇日に聖武天皇が難波に行幸しており、虫麻呂の歌はその折に詠まれたものとする説もある。(13)しかし、天平四年八月には、宇合は西海道節度使として派遣されている。宇合不在の時に虫麻呂が行幸に従駕したとは考えにくい。虫麻呂と宇合とのかかわりを考慮に入れると、歌一七四〇の冒頭にある「春の日」とは、天平四年の春という推測が許されるだろう。難波宮の造営がある程度完了し、褒賞を受けた官人の一人であったかと思われる虫麻呂が、墨吉の浪にゆられている釣舟を見て、いにしえを思い起して詠んだ歌と考えられる。

2　主要素

虫麻呂が長歌を作る以前に成立していた浦島伝が、二つある。『丹後国風土記』逸文[14]に残るものと、『日本書紀』に記されたものである。それらと虫麻呂作歌の主立つ要素を比べる。

亀と神女

『丹後国風土記』逸文によると、シマコは海に出て釣りをするが、三日三晩たっても、一匹の魚さえ取れない。そんなときに、五色の亀を釣り上げる。亀を船の中において、そのまま寝てしまうと、亀は美しい女になる。その女性は神女とされる。星の世界の姫とされ、天上から下ってくる。亀はただの動物ではなく、その神のとる姿とされている。この話は単なる伝説ではない。丹後国の一族が信じた神についての神話である。

『日本書紀』に記されるシマコ関係の記事には、次のようにある。

（雄略二十二年）秋七月、丹波国餘社郡管川《たにはのくによさのこおりつつかわ》の人、瑞江浦嶋子《みずのえのうらのしまこ》、舟に乗りて釣りし、遂に大亀を得たり。すなはち女《をとめ》に化為《な》る。ここに浦嶋子、感《め》でて婦《め》にし、相遂《あひした》がひて海に入り、蓬莱山《とこよのくに》に到り、仙衆《ひじりたち》に歴《めぐ》り覩《み》る。語《こと》は別巻《ことまき》に在り。[15]

『日本書紀』の浦島伝では、亀は登場するというものの、女神とのつながりは失われている。神話ではなくなり、神不在の、ただの昔話になり果てている。

『万葉集』三八一一（作者未詳）、「夫君《つま》に恋ふる歌一首」と題する歌に、「卜部すえ　亀もな焼きそ」とある。恋する人に会う手立てを、亀卜で占わせている。恋の行方を占うといったような、個人の生活近くに亀卜があったようすがうかがわれる。亀卜は、中国から朝鮮半島経由で五世紀頃に伝わったとされる。亀の甲を焼き、そこにできるひび割れの形から神の心を読み取ろうとする。亀を、神の現れとする信仰である。

万葉歌一〇九には、次のようにある。

大船の　津守が占に　告《の》らむとは　まさしに知りて　我が二人寝し

大津皇子が石川女郎《いらつめ》と関係を結んだときに、津守連通《つもりのむらじとおる》がそのことを占いであらわしたことを、皇子が詠った一首である。天武の第四皇子の大津は、天武崩御直後の朱鳥元年（六八六）に謀反の罪によって死を命じられているから、それ以前の作である。

津守の占いは、どのような種類の占いであったのだろうか。黄道にそって天を東西南北の四宮に分けた中国の天文学は、陰陽五行説と結びついていた。宇宙の五元素とされる木・火・土・金・水の五行は、五色、五方位、および五惑星に対応した。四宮のそれぞれに神獣が配された。北宮に対応する元素は水、神獣は玄武（亀と蛇）とされた。津を守る一族の津守氏が用いたのは、亀卜であった可能性が高い。

朱鳥元年以前には、亀卜は大和政権と関係なく用いられたようすである。しかし、養老二年（七一八）に不比等が中心となって養老令の編さんが始まる。その「職員令」には「神祇官、伯一人……卜部廿人」とあり(16)、卜部は神祇伯の下に置かれている。養老律令の成立によって、次第に亀卜は大和政権専用となり、任命されたもの以外は使うことが許されなくなったと思われる。

万葉歌浦島伝では、亀は姿を見せない。それは、養老令の成立によって、神祇官に任じられた者以外が、亀を通して意志を示す神を奉じる亀卜を用いることが許されなくなったためであろう。

主人公シマコ

『丹後国風土記』逸文の主人公は、「与謝郡日置の里、筒川の人出、名は筒川の嶼子《しまこ》」で、「水江の浦の嶼子」とも呼ばれるとされる。丹後国与謝郡日置の里、筒川の村の人とされ、海中の宮殿から戻ってくるのも筒川である。「一つの魚をだに得ず」とあって、成功者とされていない。

他方、万葉歌では、主人公の名は「水江の浦嶋子（児とも）」で、「墨吉に帰り来た」とされる。故郷はスミノエである。また、「鰹釣り　鯛釣り誇り」とあるから、成功を手にした人物を連想させる。

風土記逸文によれば、シマコは三百余歳を海中の宮殿で過ごしたことになっている。『日本書紀』では、シマコは海に入っていってしまい、その後は記されていない。万葉歌では、「家ゆ出でて　三年の間に　垣もなく家も失せ」とあって、留守にした期間が三年間とされている。

風土記逸文では、海から戻ってきたシマコが神女にもらった箱を開くと、よい香りが立ち上り、神女にふたたび逢えないと悟って、涙に咽んで歩き回った、とある。万葉歌では、シマコが箱を開くと白雲が立ち上ったので、「心消失せぬ　若かりし　肌も皺みぬ　黒かりし　髪も白けぬ　ゆなゆなは　息さへ絶えて　後《のち》遂に　命死にける」とされる。

万葉歌浦島伝が天平四年春の作という推測を前提とすると、当時、この歌を読むか聞くかした者は、何を連想したであろうか。「天平四年ごろ、成功者であった人物が三年ほど留守にした故郷のスミノエに戻ると、垣もなく家も失せており、年老いて死んでしまった」という筋書は、前年の天平三年七月に死去した大伴旅人を連想させたのではなかろうか。大宰帥として赴任する前、養老二年（七一八）三月、旅人は中納言に任じられ、神亀元年（七二四）二月、正三位に昇叙されている。成功を手にした人物と言える。神亀四年（七二七）末頃に大宰帥として赴任、天平二年（七三〇）末、任を解かれて帰京する。留守にしたのは、ちょうど三年間ほどになる。

九州から帰京した旅人は、すぐに「故郷の家に還り入りて、即《すなわ》ち作る歌三首」と題する歌を作っている。旅人の故郷はどこであっただろうか。

人もなき　空しき家は　草枕　旅にまさりて　苦しかりけり（四五一）
妹《いも》として　二人作りし　我が山斎《しま》は　木高《こだか》く繁く　なりにけるかも（四五二）
我妹子《わぎもこ》が　植ゑし梅の木　見るごとに　心むせつつ　涙し流る（四五三）

彼が大宰府から帰りついたのは、平城京である。ところが、その翌年に、「寧樂《なら》の家にありて故郷を思ふ歌二首」を詠んでいる。

しましくも　行きて見てしか　神名火《かむなび》の　淵《ふち》は浅《あ》せにて　瀬にかなるらむ（九六九）

指進乃　栗栖《くるす》の小野の　萩の花　散らむ時にし　行きて手向けむ（九七〇）

旅人が故郷と呼ぶところは、奈良以外にある。奈良でないとすると、どこであろうか。

歌九六九

歌九六九の「神名火《かむなび》」とは、どこを指すのだろうか。「神名火に　ひもろき立てて　斎《いは》へども　人の心は　守りあへぬもの」（歌二六五七）では、「神名火」は「神のいますところ」の意で、普通名詞として用いられている。歌三二三〇では、奈良を出て、穂積に至り、坂を過ぎ、甘南備山において、とあって、飛鳥の甘南備山を指す。しかし、歌三二二七には「甘南備《かむなび》の三諸の山」、その反歌には「神名備《かむなび》の三諸の山」とあって、カムナビは固有名詞ではない。「神のいますところ」の意で、枕詞のように用いられている。カムナビは、必ずしも飛鳥の甘南備を指すわけではない。

歌九六九では、カムナビは淵とされる。飛鳥には飛鳥川が流れるが、瀬になってしまうような淵

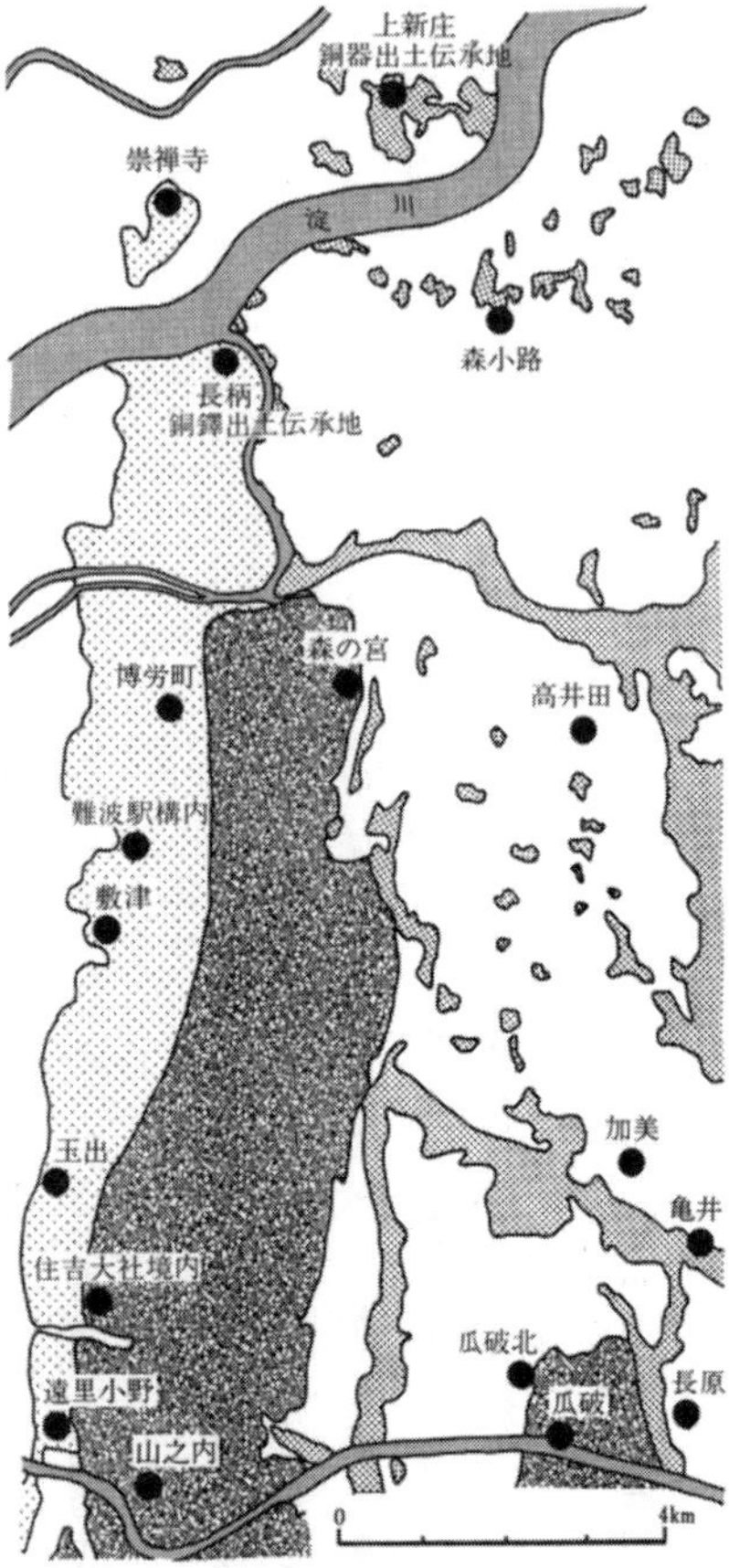

主な弥生時代遺跡

はない。神のいます淵といえば、スミノエではないか。古代の大阪湾は大阪平野の奥深くまで入り込み、東は生駒山西麓にいたる広大な河内湾が広がり、上町台地が半島のように突き出て、現在とは大きく趣の異なる地形であったことが知られている。弥生時代になると、淀川の上流から運ばれる土砂によって、上町台地北側と西側に砂州が広がっていった。「浅くなり瀬になった淵」とはスミノエの海のことであろう。(17)

スミノエは大伴大連《おおむらじ》金村が住んだ地であった。欽明紀は、金村が任那滅亡の責任を問われたおりに、スミノエの宅にいて、出仕しなかったとする。スミノエは大伴氏にとって重要な拠点であったのであろう。金村は旅人の曽祖父に当たる。子ども時代を過ごしたという意味で故郷でなかったかもしれないが、旅人にとってスミノエは父祖の地である。歌九六九は、瀬になったであろう淵をカムナビ＝「神のいますところ」とする。そこにしばらくでも行ってみたいと詠うのは、行かれないからであろう。病状が進んでいたためと思われる。

天平勝宝七年（七五五）大伴家持作の歌四四〇八に、「須美乃延《すみのえ》の我が皇神《すめかみ》」とある。「皇神」は一地域を領する最高位の神の意であろう。翌年作の歌四四五七には「須美乃江の浜松が根の」とあって、旅人の息子家持が奉じたのはスミノエの海の神であったことを示す。スミノエの海神が大伴一族の奉じる神であった。

歌九七〇

二首目の歌九七〇の初句「指進乃」の読みは定まっていない。萩の咲く「栗栖《くるす》の小野」とは、どこであろうか。小野が地名であろうから、栗栖は固有名詞ではなく、栗林のあるところの意であろう。『万葉集』中、歌一三六一に「墨吉の浅沢小野」とあるが、大阪市住吉区住吉大社の南方に境外末社の浅沢神社にその名を残す。歌三七九一に見られる「墨江の遠里小野」は、大阪市住吉区遠里小野《おりおの》に地名が残る。住吉大社の南の地域である。巻七の「摂津にして作る歌」の一首歌一一五六には、同じく「住吉の遠里小野」とある。住吉大社が現在位置する地の南一帯が、小野と呼ばれたと考えられる。

「萩の花　散らむ時にし　行きて手向けむ」とあるが、萩の花が散る時に、行って手向けよう、というのは、現在、萩が咲いているからであろう。歌三六七七に「秋の野を　にほはす萩は」とあるように、萩は秋の花である。旅人が薨じた時に資人余明軍《よのみょうぐん》が詠んだ歌に「萩の花　咲きてありやと　問ひし君はも」（四五五）とある。旅人が好んだ花であったのだろう。旧暦の秋は、七月、八月、九月であった。七月は一年の後半の始まりであり、祖霊祭が行われる月でもあった。萩の花を想いつつ、彼は祖先たちを、また始祖の神を想っていたのであろう。

萩の花が咲いている現在、一首目によれば、旅人は病のためかカムナビに行くことができない。ところが二首目になると、「それが散る頃に行こう」となるのは、病の癒えることを予想しているのであろうか。「花の散る頃」というのは、寂しい影を漂わせる。旅人は自らの死を覚悟していたのではなかろうか。秋の終る前には、自分の命が終ることを予測して詠まれたと考えられる。

「行きて手向けむ」のタムクは神に捧げものをすること、ムは話し手の意志や希望を表す。どこへ行くのかといえば、一首目に戻り、「浅くなり瀬になった淵」であろう。そこにいます神に捧げものをしよう、の意味になる。二首を合わせて考えると、萩の花が散る頃、自分の死後、神のいます淵に行って捧げものをしよう、という辞世の句と考えられる。旅人は海にいます神を信じ、また、死後の世界を信じている。

「寧樂《なら》の家にありて故郷を思ふ歌」で詠われる「栗栖《くるす》の小野」も、旅人の故郷であったのだろう。淵が瀬になったカムナビの海も栗林のある小野も、旅人にとっては死を覚悟した時に懐かしく思い出され、戻りたい故郷であった。旅人の死は、帰京翌年の天平三年七月二五日である。

万葉歌浦島伝から旅人を連想するのは私の思い込みばかりとは考えられない。作者が意図的に結び付けていると思われるふしがある。浦島伝に、「臥《こ》いまろび（原文：返側）足ずり（原文：足受利）しつつ」とある。他方、虫麻呂が旅人との別れを惜しむ歌には、「臥《こ》ひまろび（原文：反側）恋ひかも居《を》らむ　足ずり（原文：足垂）し音のみや　泣かむ」とある。このような表現の類似は、ただの偶然であろうか。そうではなく、この連想を呼び起こそうとする作為と考えられる。

開いた箱

風土記逸文は、シマコが筒川に戻ると、「人も物も遷《うつ》り易《かは》」っており、涙に咽んで歩き回ったとする。ところが、万葉歌では、海からスミノエに戻ったシマコは「垣もなく家も失せ」た故郷を見て、箱を開き、年老いて死ぬ。

旅人が九州に在任中に、スミノエが大きく変貌する要因が二つあった。天平元年一一月七日、太政官の奏上によって京と畿内の班田使を任命し班田の細則を定めたことが、その一つである。係員は、班田のための測量、田図作成、受給人数の把握、帳簿整理などのため、多忙を極めた。摂津国の班田の史生が年の改まる前に自ら首をくくって死んだ時に、大伴三中（？―七二九）が作った歌に「白たへの　衣も干さず　朝夕に　ありつる君は　いかさまに　思ひいませか」（四四三）とある。班田のため、衣も洗わず昼も夜も忙しかった史生のようすとともに、その心労を伝えている。

スミノエの変貌の要因その二は、難波宮の造営である。旅人が大宰帥として赴任する神亀四年（七二七）の前年一〇月に、藤原宇合が知造難波宮事に任じられている。難波宮は上町台地の北方に造営される。「式部卿《しきぶのきょう》藤原宇合卿、難波《なには》の都を改め造らしめらるる時に作る歌」と題する歌がある。

昔こそ　難波田舎と　言はれけめ　今は都引《みやこひ》き　都びにけり（三一二）

昔は難波田舎と言われただろうが、今は都にならって、すっかり都らしくなった、と誇らしげに詠まれたこの歌は、知造の功に対して褒賞を受けた頃の作であろう。天平二年一二月に、帰京した旅人が見たのは、このように大きく様変わりした難波であった。シマコが見た、垣もなく家も失せた故郷である。

風土記逸文では、主人公シマコは神女からもらった箱を開けてしまい、ふたたび神女に逢えなくなったことを知る。『日本書紀』では、神女は登場せず、箱の話も出てこない。万葉歌は風土記逸文に似て、シマコが箱を開いてしまい、ふたたび神女に逢えなくなる。スミノエのシマコが開いた箱とは何であろうか。

万葉歌では、シマコは海の常世の国から戻る時、「神之女《かみのをとめ》」から篋《くしげ》をもらう。ヲトメは神女とされる。この話も単なる伝説ではない。スミノエのシマコとその一族が信じた神についての神話である。

篋《くしげ》は櫛を入れる化粧箱の意と解釈されたりもするが、クシ＋ケ乙からなっている。(18) クシは「奇し」（＝不思議な）を意味しうる。「ケ乙」は、ものを盛ったり、または入れたりする器の名称であった。クシゲは、「くすしい入れ物」とも理解できる。

篋《くしげ》は玉篋《たまくしげ》とも呼ばれている。タマクシゲは、タマを入れたくすしい入れ物でもある。『万葉集』中の「玉に寄せる」と題する一連の歌（一二九九―一三〇三）では、「玉」は「真珠」を意味する。「玉篋」は、「真珠をおさめた匣」の意味をももちうる。「玉に寄せる」歌の一首に、「海神《わたつみ》の　手に巻き持てる　玉ゆえに　磯の浦廻《うらみ》に　潜《かづ》きするかも」（一三〇一）という歌がある。親が秘蔵する娘を手に入れようとする男性の苦心を歌ったものであるが、ここでは、真珠は海神が愛でる娘とされる。また、「玉」と「魂《たま》」は同根であるから、「玉篋」は海神のヲトメの魂をおさめた篋でもありうる。

ケ乙は、実体を手に取れないがその存在が感じられるものも意味した。「気高い」「気だるい」「気配」「人気《ひとけ》」「気色《けしき》ばむ」など、今も使われる言葉に跡が残る。音韻変化したものでは、「気持」「気遣い」「生気」「気《き》は心」などがある。「意気地《いくじ》」や「かぶれる」（＝気触れる）「かまく」（＝気負く）などのように、クやカに転じることもある。「ケガレ（穢れ）」は語源的には「ケ＋カレ」で、ケが涸れてしまった状態を意味する。[19] ケガレが「神聖」の反対語であることからみても、ケは聖なる生命力・霊力を意味した語とわかる。

ケ乙には、食物・食事の意味もあった。朝食《あさげ》、夕食《ゆうげ》などの複合語に残っている。食物によって人は生きる力を授かる。命そのものである尊いケを与えるから、食物は同じケの名で呼ばれたのであろう。シマコが海神のヲトメからクシゲもらったことは、その魂を収めたくすしい箱をもらったとも取れるし、くすしいケを預かったことを象徴するとも考えられる。

万葉歌中、ヲトメからもらった箱は、「篋」「筥」「玉篋」「箱」などと記されている。いずれも竹冠をもつ字である。タケは、タ＋ケ乙からなる。上代語「タ」は、名詞・動詞・形容詞に冠して用いられる接頭語で、多いこと、まさっていること、重んずること、感謝することなどを意味する。ケ乙は、先に述べたように、聖なる生命力・霊力をさした。「篋」「筥」「玉篋」「箱」は、いずれもタケを冠とする入れ物である。タケ（＝尊い霊力）を最上位にいただくあらゆる入れ物から、玉が失われる。海神のヲトメが、あちらこちらの神殿から失われたことを含むのではなかろうか。

『大社記』に列挙される神財や御神殿装束のなかに、「黒漆篋」、「麻桶筥」、「鏡筥八合」がある。古代、各豪族は始祖と仰ぐ固有の祖神《おやがみ》の伝承をもち、それぞれが祖神の祭祀を司っていた。[20] 大和朝廷が中央集権を進めるには、豪族たちの祭祀権を掌握する必要があった。神帳を作成し、神財や祭祀の道具を神祇官に申告することは、祭祀権を移譲し、大和朝廷に服属することを意味する。

『大社記』冒頭には御神殿四宮として、

第一宮　表筒男《うはつつのを》
第二宮　中《なか》筒男
第三宮　底《そこ》筒男
第四宮

と記されている。第一宮から三宮で祀られるツツノオは『古事記』に初めて登場する神で、それ以前の伝承をもたない。第一宮から三宮までにおいて祀るとされるのは、朝廷によって与えられた神である。奉祭氏族ももたない。

第四宮の下には、割注で「姫神の宮　御名、気息帯長足姫《おきながたらしひめ》皇后の宮。奉斎祀《いつきつかへまつ》る神主《かむぬし》、津守宿禰の氏人は、元、手搓見足尼《たもみのすくね》の後なり」[21]とある。姫神を祀る宮で、その名は「気息帯長足姫皇后」の宮とされる。オキナガタラシヒメは、『古事記』では「息長帯比売」、『日本書紀』では「気長足姫」と記され、神功皇后を指す。『大社記』では、オキナガタラシヒメの表記に種々用いられているが、「気息帯長足姫皇后」は神功皇后を指すと考えてよいだろう。

「姫神の宮＝神功皇后の宮」とする割注によって、姫神＝神功皇后となり、第一宮から三宮はツツノオを、第四宮は神功皇后を祀るようになる。この神帳の提出により、住吉大社は海神とのつながりを完全に失う。住吉大社ばかりでなく、スミノエで祀られていた海神を奉じた一族もその神を失う。

『大社記』の奥書によれば、提出は天平三年七月五日である。七月は旧暦の一年の始まりであり、祖霊祭の行われる季節である。祖霊を祀り、氏族の共同体意識が高まる時期に当たる。この時期をねらって、神帳の提出が求められたのであろう。

万葉歌では、シマコは「箱を開けばもとのように家があるだろう」と思い、箱を開いたところ、煙がたなびいただけで、急に年をとり、あげくのはては死んでしまう。旅人の死は『大社記』提出の二〇日後、七月二五日であった。『大社記』成立後まもなく死んだ大伴旅人の姿は、もらった箱を開き、「ワタツミの神の娘」とのつながりを失い、死んでしまったシマコと重なる。


長歌四二二〇において自身をワタツミの神に喩えている大伴坂上郎女は、「神を祭る歌一首　并《あは》せて短歌」（三七九、三八〇）を詠んでいる。旅人の死後、大伴一族の中心的存在であった彼女が、家長として一族の祖神を祀ったようすであることは、三章でふれたところである。長歌・反歌ともに、「かくだにも　我は祈ひなむ　君に逢はじかも」で終っている。「逢はじかも」は、「もう会えないのではないか」の意である。スミノエで祀られた神は、もとは海神、それも女神であった。郎女の歌は、旅人の死後、大伴氏の祖神である海神の奉祭が危機にさらされている状況を示すと思われる。この歌は、天平五年（七三三）一一月に詠まれている。万葉歌浦島伝が作られた翌年のことである。

Ⅲ　旅人と虫麻呂とのつながり

『丹後国風土記』逸文のシマコは、「日下部の首《おびと》らが先つ祖」とされる。日下部首は、『姓氏録』和泉国皇別によれば彦坐命《ひこいますのみこと》の子孫である。風土記逸文のシマコはヒコイマスを暗示する。『古事記』『日本書紀』は、ヒコイマスの母(『記』オケツヒメ、『紀』ハハツヒメ)を、丸邇臣の祖の妹とする。ヒコイマスは丸邇氏の血を引く。また逸文の浦島伝には、「旧宰《もとつみこともち》、伊預部《いよべ》の馬養《うまかい》の連《むらじ》の所記と矛盾するところがない」とあって、風土記成立以前に、元丹波国守であった伊預部馬養が記したシマコ伝が存在していたことを示す。『丹後国風土記』の成立は七一五年頃、馬養がシマコ伝を記したのは七〇〇年頃である。(22)

『姓氏録』右京神別下によると、伊與部《いよべ》は高媚牟須比命《たかみむすひのみこと》の子孫とも、また火明命《ほのあかりのみこと》の子孫ともされている。右京に、高媚牟須比命の子孫とされる伊與部氏と火明命の子孫とされる伊與部氏が存在している。

『古事記』は、火明命と邇々芸命《ににぎのみこと》の二人をタカミムスヒの子・忍穂耳命《おしほみみのみこと》の子とする。『日本書紀』は、タカミムスヒの孫ニニギの三人の子の一人を火明命とする(神代下第九段正文)。タカミムスヒの曾孫が火明命であるから、タカミムスヒの子孫の伊與部も火明命の子孫の伊與部も同族である。

天橋立に位置する籠《この》神社は、火明命を祀る。この神社に伝えられる『海部氏系図』は、現存する日本最古の系図である。三章において述べたことのくり返しになるが、この系図には、海部氏の先祖健振熊宿禰《たけふるくまのすくね》は、若狭木津の高向宮において応神天皇から海部直《あまべのあたい》の姓を受け、国造《くにのみやつこ》として仕えたとある。『古事記』『日本書紀』はともに、タケフルクマ（『記』建振熊、『紀』武振熊）を丸邇《わに》の祖とし、また難波根子《なにわねこ》と呼び、応神天皇の即位に尽力したことを認める。丸邇氏は、現奈良県天理市和爾町を中心とする地域を本拠とした。後に春日に移り住んで、春日氏となる。丹波、若狭、河内、大和に勢力範囲がおよぶ巨大な豪族であった。『海部氏系図』によれば、籠宮は養老三年（七一九）三月に、彦火明命を始祖として新しく発足している。火明命は丸邇氏に朝廷が与えた祭神である。火明命の子孫とされる伊與部は、丸邇氏である。馬養が記したシマコ伝は、彼の祖先譚でもある。

伊預部馬養が浦島伝を記した七〇〇年前後、丹波国はまだ分割されておらず、丹波の一族は同じ神を祀ったであろう。七〇〇年前後、この国の神を祀ったのは、『海部氏系図』によると海部直伍佰道《あまべのあたいいほぢ》である。(23)もとは旧丹波国国造《くにのみやつこ》であった海部氏は、六四五年頃に祝《はふり》に任じられている。海部直伍佰道が祝《はふり》に着任中、大宝令の施行（七〇一）によって太政官と神祇官がならび、祝は神主・禰宜《ねぎ》につぐ下級神職となった。神祇官の下におかれ、朝廷の支配下にある。この時点で、海部氏（＝丸邇氏）の祭祀は大和朝廷の権限下に移ったのであろう。

虫麻呂は高橋連《むらじ》を出自とする。高橋連は、『姓氏録』右京神別上、山城国神別、河内国神別のいずれにおいても、神饒速日命《かむにぎはやひのみこと》の子孫とされている。『古事記』『日本書紀』はともに、ニギハヤヒを物部氏の祖とする。ところが『姓氏録』摂津国皇別では、物部氏と同祖とされる物部首が、大春日朝臣と同祖とされている。大春日朝臣の姓《かばね》は、延暦二〇年（八〇一）に春日臣に与えられたものである。虫麻呂は丸邇氏の一人ということになる。伊預部馬養と高橋虫麻呂とは、同族ということになる。

馬養作のシマコ伝が、彼の祖先譚であったとすると、同族の虫麻呂の祖先譚でもある。虫麻呂は同じシマコ伝を用いて大伴旅人を描くのは、なぜか。

先に述べたように、『姓氏録』右京神別下によると、伊與部は高媚牟須比命《たかみむすひのみこと》の子孫とされる。ところが、『姓氏録』左京神別中・天神の項は、大伴宿禰を高皇産霊尊《たかみむすひのみこと》の子孫とするのである。タカミムスヒの表記は異なるが、伊與部と大伴氏は同祖とされている。『姓氏録』に従えば、大伴氏は丸邇氏と同祖であったことになる。(24) 丸邇氏であった高橋虫麻呂と大伴宿禰旅人は同じ祖神を奉じたのではないか。旅人が失った神女は虫麻呂が奉じた神でもあった。旅人の悲しみは、虫麻呂の悲しみでもあったのだろう。

（資料）『丹後国風土記』逸文・読み下し文

（丹後の国の風土記に曰ふ）

与謝の郡。

日置《ひおき》の里。

この里に筒川《つつかわ》の村あり。ここの人夫《おほみたから》、日下部《くさかべ》の首《おびと》らが先つ祖、名を筒川の嶼子《しまこ》と云ふ人あり。為人《ひととなり》、姿容秀美れ風流なること類なし。これ、謂《いは》ゆる水江の浦の嶼子といふ者なり。こは旧宰《もとつみこともち》、伊預部《いよべ》の馬養《うまかい》の連《むらじ》の記せるに相乖《そむ》くことなし。故《かれ》、所由《ゆえよし》の旨《おほむね》を略陳《の》べむとす。

長谷の朝倉の宮に御宇《あめのしたをさめたま》ひし天皇の御世、嶼子、独《ひとり》小き船に乗り海中に汎《うか》び出でて釣せり。三日三夜を経ぬれど一つの魚をだに得ず、乃ち五色の亀を得つ。心に奇異《あや》しと思ひ船の中に置き即ち寐つるに、忽《たちまち》に婦人となりぬ。その容《かほ》美麗《うるは》しくまた比《なら》ぶひとなし。

嶼子、問ひて曰はく「人宅《いへ》遥《はる》けく遠く、海庭《には》に人乏《な》きに、いかに人忽来《きた》れる」といふ。女娘《をとめ》の微咲《ゑ》みて対《こた》へて曰はく「風流之士《みやびを》、独蒼海《ひとりうみ》に汎《うか》べり。近く談《かた》らはむおもひに勝《あ》へず、風雲《かぜくも》の就来《むたきた》れり」といふ。嶼子また問ひて曰はく「風雲は何処《いづく》ゆか来れる」といふ。女娘、答へて曰はく「天《あめ》の上なる仙家之人《やまびと》なり。請《ねが》はくは君な疑《うたが》ひそ。相談《かたらひ》の愛《うつくしみ》を垂《たま》へ」といふ。ここに嶼子、神の女と知り懼《おそ》り疑ふ心を鎮《しづ》めき。女娘《をとめ》、語りて曰はく「賤妻《わが》が意《こころ》は、天地の共畢《むたをは》り日月の倶極《むたきはま》らむとなり。但《ただ》君は奈何《いかに》そや、許不《いなを》の意《こころ》を早先《まづさき》にせむ」といふ。嶼子、答へて曰はく「また言ふことなし。何そ懈《をこた》らむ」といふ。女娘、曰はく「君棹廻《さをさ》すべし、蓬山《とこよのくに》に赴《ゆ》かむ」といふ。嶼子従ひ往《ゆ》く。

女娘、眠目《ねむ》らしめ、即《すなは》ち不意之間《ときのま》に、海中《わたなか》なる博大之嶋《とほしろきしま》に至りぬ。その地は玉を敷けるが如し。闕台《うてな》は暸《あきらかに》　映《は》え楼堂《たかどの》は玲瓏《てりかかや》けり。目に見ず、耳に聞かず。

携手《たずさ》へて徐《やくやく》に行くに一太宅《あるいへ》の門《と》に至りぬ。女娘、曰はく「君且《しま》らく此処に立ちたまへ」といひて、門を開きて内に入りぬ。即ち七竪子《ななたりわらは》来り相語《あひかた》りて曰はく「こは亀比売《ひめ》の夫《つま》そ」といふ。また八《やたり》竪子来り相語りて曰はく「こは亀比売の夫そ」といふ。ここに女娘の名を亀比売と知りぬ。乃ち女娘出で来。嶼子、竪子たちの事を語る。女娘、曰はく「その七竪子は昴星《すばる》なり。この八竪子は畢星《あめふり》なり。君な怪しみそ」といふ。即ち前に立ちて引導《みちび》き内に進み入れり。

女娘の父母共相《もろとも》に迎へ、揖《おろが》みて坐《ゐしき》にましき。ここに、人間《ひとのよ》と仙都《とこよ》の別《わき》を称説《と》き、人と神の偶会《たぐひ》の嘉《よしみ》を談義《かた》れり。乃ち百品《ももつしな》の芳き味を薦《すす》む。兄弟姉妹等《はらからたち》、坏を挙《ささ》げ献酬《くみかは》せり。隣の里なる幼女等《うなゐたち》も、紅顔《にのほ》なし戯接《まじ》はれり。仙歌《うた》は寥亮《はるけくひび》き、神儛《まひ》は逶迤《もこよか》なり。それ、歓宴《うたげ》のさま、人間《ひとのよ》に万倍《よろづまさ》れり。ここに日の暮るるを知らず。ただ黄昏之時《たそかれとき》に、群《もろもろ》の仙侶等《やまひとたち》、漸々《やくやく》に退《まか》り散《あら》け、即ち女娘独《をとめひとり》留まりぬ。肩を双《なら》べ袖を接《あ》はせ、夫婦之理《みとのまぐはひ》を成しき。

時に嶼子、旧俗《ふるさと》を遺《わす》れ仙都《とこよ》に遊び、既に三歳《みとせ》のほどを逕《へ》ぬ。忽《にはか》に懐土之心《くにしのひのこころ》を起し、独《ひとり》、二親《かそいろ》に恋ひつ。故《かれ》、吟哀《かなしみ》繁《しきり》に発《おこ》り嗟嘆《なげき》日《ひにひに》に益《ま》しぬ。女娘、問ひて曰はく「比来《このころ》君夫《わがせ》の貌《さま》を観るに常時《よのつね》に異なれり。願はくは其の志《おもひ》を聞かせたまへ」といふ。嶼子、対《こた》へて曰はく「古《いにしへ》の人言ひしく、小人《ひと》は土《くに》を懐《おも》ひ、死《い》にし狐は岳《やま》を首《かしら》とすといふ。僕《われ》、虚談《それこと》と以《おも》へるに今はこれ信《まこと》と然《し》りぬ」といふ。女娘、問ひて曰はく「君や帰むとせる」といふ。嶼子、答へて曰はく「僕《われ》近く親故之俗《かそいろ》を離れ遠く神仙之堺《とこよのくに》に入りぬ。恋眷《こほしき》に忍びずて、輙《すなは》ち軽慮《たはこと》を申《まお》しつ。所望《ねが》はくは暫《しま》し本俗《もとつくに》に還《かへ》り二親《かそいろ》に奉拝《あは》まくほりす」といふ。女娘、涙を拭《のご》ひ嘆きて曰はく「意《こころ》は金石《かねいし》に等しく共に万歳《よろづとせ》を期《ちぎ》りしに、何そ郷里《ふるさと》を眷《かへり》みて棄遺《すつ》ることの一時《たちまち》なる」といふ。即ち相携《たづさ》はり徘徊《たもとほ》り、相談《かた》らひ慟哀《かな》しみき。

遂に袂《たもと》をひるがえして退去《わか》れ、岐路《わかれぢ》に就《つ》かむとす。ここに女娘父母親族《かそいろうからたち》、但《ただ》に別れを悲しみ送る。女娘玉匣《たまくしげ》を取り、嶼子に授け、謂《かた》りて曰はく「君終《つい》に賤妾《われ》を遺《す》てず、眷《かへ》り尋ねむとおもはば、匣《くしげ》を堅握《かた》めて、慎《ゆめ》な開き見そ」といふ。即ち相分《あひわか》れて船に乗り、仍《すなは》ち眠目《ねむ》らしめ、忽《たちまち》にもとつ土《くに》の筒川の郷《さと》に到りぬ。即ち村邑《むらさと》を瞻眺《まも》らふに、人も物も遷《うつ》り易《かは》り、また由《よ》るによしなし。

ここに郷人《さとひと》に問ひて曰はく「水江の浦の嶼子の家人《いへびと》、今何処《いづく》にか在る」といふ。郷人答へて曰はく「君何処の人なる、旧遠人《いにしへびと》を問《たづ》ぬや。吾《われ》、古老《ふるおきな》たちに聞くに曰はく「先《さき》つ世に水江の浦の嶼子といふものあり。独《ひとり》蒼海《うみ》に遊びまた還《かへ》り来ず」といひ、今に三百余歳《みももとせあまり》を経《へ》しに何《いか》にそ忽《にはか》にこを問ふや」といふ。即ち棄心《うつけごころ》を銜《いだ》き、郷里《ふるさと》を廻《かへりみす》れど一親《かたおや》にすら会はず、既に旬月《ひとつき》を経ぬ。乃ち玉匣を撫《かきな》で神の女《をとめ》を感思《め》でつ。ここに嶼子、前日《さき》の期《ちぎり》を忘れ忽《にはか》に玉匣を開きあけつ。即ち未瞻之間《たちまち》に芳蘭之体《よきらにのかをり》、風雲のむた翩《ひるがへ》りて蒼天《そら》に飛びゆきぬ。嶼子、即ち期要《ちぎり》に乖違《たが》ひ、かへりてまた会ふことの難《かた》きを知りぬ。首を廻らして踟躕《たたず》み涙に咽《むせ》ひて徘徊《たもとほ》りき。（後略）（『新編日本古典文学全集　5　風土記』植垣節也校注・訳、小学館、一九九七年による）

註

（1）『新編日本古典文学全集　萬葉集②』小島憲之他校注・訳、小学館、一九九五年、による。

（2）野村忠夫『律令政治の諸様相』塙書房、一九六八年、二〇一―二〇三頁。

（3）職員令義解で復元される、職員令第三条中務省条。黛弘道「中務省に関する一考察――律令官制の研究（一）」『研究年報18』学習院大学、一九七一年、八一―一〇一頁。

（4）諸説について、錦織浩文『高橋虫麻呂研究』（おうふう、二〇一一年、二五―二六頁）に詳しい紹介がなされている。

（5）小島憲之著『上代日本文学と中国文学　中』塙書房、昭和三九年、一一〇七頁。

（6）難波麻呂は養老元年（七一七）正月に従四位上、養老三年正月には正四位下に昇位している。国守として「上等」（『続紀』用語）と査定されたのであろう。

（7）『新編日本古典文学全集　萬葉集②』による。

（8）同上。

（9）大久保廣行『筑紫文学圏と高橋虫麻呂』笠間書院、二〇〇六年、二一七―二一九頁。

（10）『新編日本古典文学全集　萬葉集②』による。

（11）歌二八三に「墨吉の得名津」とある。『和名抄』摂津国住吉郡に「榎津郷」が見える。

歌一一五〇は、一連の「摂津作」と題詞にある歌の一首で、歌中、「墨吉の岸」とある。

歌一三六一にある「墨吉の浅沢小野」は、住吉大社南方にあった一帯を指す。住吉大社の境外末社に浅沢神社がある。

長歌四二四五は天平五年の入唐使に贈られた歌で、「難波に下り　住吉の三津」とあって「住吉」を用いるが、「墨吉の　我が大御神」の表記も用いている。

（12）錦織『高橋虫麻呂研究』九五―九六頁。土屋文明『萬葉集私注　巻五』筑摩書房、昭和四四年、一一〇頁。

（13）井村哲夫『憶良と虫麻呂』桜楓社、昭和四八年、二二七頁。

（14）『丹後国風土記』そのものは現在失われていて、鎌倉時代末期になった『釈日本紀』巻十二に引かれる逸文に跡をとどめるのみである。

（15）『新編日本古典文学全集　日本書紀②』小島憲之他校注・訳、小学館、一九九六年、による読み下し文。

(16)『新訂増補　国史大系　第二十二巻　律・令義解』吉川弘文館、平成一二年、二九頁。
(17)図は、直木孝次郎編『古代を考える　難波』吉川弘文館、平成四年、二八頁より。点々部分は砂洲。
(18)奈良時代には、五十音韻中の二十一音は二通りに使い分けられていた。甲乙はその区別をあらわす。
(19)土橋寛『日本語に探る古代信仰』中公新書、一九九〇年、七七頁。
(20)松前健『日本の神話と古代信仰――王権論を中心に』大和書房、一九九二年、六六―六七頁。
(21)「姫神宮。御名。気息帯長足姫皇后宮。奉斎祀神主。津守宿禰氏人者。元手搓見足尼後。」『大社記』七―一二行。
(22)拙著『浦島伝説に見る古代日本人の信仰』五―六頁。
(23)詳細は、同上書、二八―三五頁。
(24)図式化すると、次のようになる。

高橋連＝ニギハヤヒの子孫（『姓氏録』右京神別上、山城国神別、河内国神別）
＝
物部氏の祖（『古事記』『日本書紀』）
＝
物部首＝物部氏と同祖（『姓氏録』摂津国皇別）
＝
大春日朝臣と同祖（『姓氏録』摂津国皇別）
＝
丸邇氏（『古事記』『日本書紀』『海部氏系図』）
＝
伊預部馬養＝火明命の子孫（『姓氏録』右京神別下）
＝タカミムスヒの子孫（『姓氏録』右京神別下）
＝
大伴宿禰＝タカミムスヒの子孫（『姓氏録』左京神別中・天神）

旅人は手紙に淡等と署名している。『続日本紀』は「旅人」も用いるが、神亀元年二月四日条は「多比等」と表記する。他方、藤原不比等は持統紀三年条では「史」であるが、その後、「不比等」があてられる。比べるに等しい者がない「非凡な人」を意味するだろう。それに対して「多比等」は、比べるに等しい者が多い「凡人」の意味を含む。『続日本紀』をまとめた当時の政権による旅人の位置付けであろう。

旅人の作品からは、弱い立場の者・卑しめられた者に寄り添う姿が浮かんでくる。それは彼自身が卑しめられる立場に落とされ、同じ境遇の人々を思いやることができたからでもあるだろう。しかし、なによりも、その生き方は彼が信じた神の姿に似ているように思われる。惨めな思いをしている人に寄り添う神、ともにあることを喜ぶ神、別れを悲しむ神である。

おわりに

長年、一つの問いが私の心にわだかまっていた。私たちの先祖は、何を信じ、心のよりどころにして生きていたのか。『古事記』『日本書紀』に残されている神々についての話は、心の琴線にふれてこない。人々はそこに記されるような神々を信じていたのだろうか。『記』『紀』には残されていない信仰の形があったのではなかろうか。大伴旅人の歌を読みながら、自分なりの答を見つけたように思う。

旅人の姿を追って書いた原稿数本を『思想史研究』に掲載していただいた。本書は、それらを一つにまとめ、論旨に必要のない重複する部分を省いた上で、加筆・訂正をした。
『思想史研究』を主宰なさる黒住真氏には、一方ならぬご恩になった。参考になる本を教えていただいたり、時には頂戴したりすることもあった。頭の中がゴチャゴチャになり、「原稿がまとめ切れなくて」とこぼすメールを氏にしたことがある。「まとめられないというのは、必要な事柄はわかっているけれど、そのつながりが見えないということでしょう」という返信をいただいた。「そうなんだ」と思ったとたん、何かが吹っ切れて、書き続ける元気が出たことがある。氏からいただいた学恩は、数え切れない。

本書に記した事柄で、間違いや不備があるとしたら、それは私の勉強不足のせいである。ご批判・ご教示をお願いしたい。

出版界の厳しい状況にもかかわらず本書の出版をお引き受けくださった知泉書館社長・小山光夫氏に、心からのお礼を申し上げる。

筆　者

引用歌初句索引

ア　行

我が恋を　100
秋風に
　——今か今かと　150
　——なびく河辺の　150
秋風の
　——吹き漂はす　92
　——吹きにし日より
　　　＝天の川　100
　　　＝いつしかと　124
秋草に　150
秋されば　150
秋といへば　150
呉床居の　32
朝霞　36
あさりする　59
豈もあらぬ　16
天照らす　142
天漢　95
天の川
　——いと川波は　124
　——い向かい立ちて　100
　——梶の音聞こゆ　91
　——霧立ち上る　92
　——霧立ち渡る　133
　——棚橋渡せ　92
　——橋渡せらば　143
　——安の渡りに　83, 100
天地と　82
青波に　150
いかにあらむ　52
生死の　37
いざ子ども　63
磯の上に　116, 145
磯の上の　144
否も諾も　16
古ゆ　82
妹が袖　148
妹と来し　116
妹として　116, 167
愛しき　115
うつせみの　146
海原の　118
海つ路の　159
大野山　148
大船に　102
大船の　165
後れ居て　73
おしてるや　38
己夫に　82
凡ならば　125

カ　行

帰るべく　115
風雲は　132
唐臼は　36
川の瀬の　124
君が行き　74
君が行く　148
君を待つ　73
今日の日に　156
琴頭に　32
琴酒を　37
言問はぬ
　——木すら春咲き　146
　——木にはありとも　51, 52
　——木にもありとも　51, 53
琴取れば　34
牡牛の　159
衣手　155

サ　行

しぐれの雨　35
死なばこそ　8
死にも生きも　16
しましくも　167
白雲の　160
白髪し　9
墨之江の　16
袖振らば　124

タ　行

橘の　114
織女し　141
織女の　92
棚機の　92
たぶてにも　132
玉かぎる　125
玉島の　59
足日女　121
ちちの実の　146
千万の　160
月重ね　89
常知らぬ　138
常世辺に　162
遠つ人　117
鞆の浦の　115

ナ・ハ　行

何すと　16
ぬばたまの　100
はしきやし　16
恥忍び　16
はだすすき　16
初秋風　149
初尾花　150
春の野の　16
春の日の　161
はろはろに　74
牽牛と　91
彦星の　124
彦星は
——織女と　126
——嘆かす妻に　100
ひさかたの
——天の川に
＝上つ瀬に　132
＝舟浮けて　131
——天の川原に　82
——天の原より　64
膝に伏す　34
一年に　89
人皆の　65
人もなき　116, 167
ほととぎす　113

マ　行

ますらをと　125
ますらをは　146
松浦潟　121
松浦川
——川の瀬速み　65
——玉島の浦に　65
道の辺の　101
みどり子の　8
都なる　115
昔こそ　172
百日しも　121

ヤ　行

安の川　143
八千桙の　98
大和路の　125
大和路は　125
山の名と　117
靫懸くる　128
行くさには　116
行く船を　118
湯の原に　115
木綿畳　64
夕立の　36

夕づく日　36
よしゑやし　100
世間の　37
世の中は　112, 145, 149
万代に　117, 147

ワ・ヤ 行

我が背子が　41
我がためと　91
我妹子が
——植えし梅の木　116, 167
——見し鞆の浦の　115
わたつみの　63
士やも　147

年　表

西暦	天皇年号	朝廷の動向	大伴一族関連
645	皇極 4	6 月，乙巳の変	
646	大化 2	1 月，改新の詔	
648	大化 4 (戊申年)		正月 7 日，豊受大神が籠の川辺に降る。丹波国造海部直伍佰道祝。
657			伊予部馬養，誕生？
665	天智 4		大伴旅人，誕生。
680	天武 9	藤原房前，誕生。	柿本人麻呂, 最初の歌か？（2033）
681	10 (辛巳年)		丹波国造海部直愛志祝着任，35 年間。
689	持統 3	6 月，浄御原令を班つ。	作歌年明らかな人麻呂歌 167-170。 馬養，撰善言司に任じられる。
690	4	正月，皇后即位。	
694	8	持統紀 3 月 22 日条，祝を神祇官の下級神職として扱う。 藤原馬養，誕生。（遣唐副使として入唐後，宇合）	
697	文武元	8 月，文武，即位。	
701	大宝元	8 月，大宝律令成立。	
702	2	4 月，「筑紫 7 国」とあり，薩摩・大隅 2 国を含まない。 8 月，唱更国（のちの薩麻国）と多褹国の建置。 9 月，反抗した薩摩の隼人を征伐した軍士に，功績に応じ，勲位。 10 月，薩摩の隼人を征伐するとき，大宰府管内の九神社に祈祷し，平定する。	馬養，死去か。 6 月，大伴安麻呂，兵部省長官に。 6 月，遣唐使船，出港。山上憶良，遣唐使少録として長安に入る。 憶良在唐中作歌 63（大伴の御津）
704	慶雲元		7 月，遣唐使粟田真人ら帰国。憶良も同船か。（或いは 707 年 2 月，遣唐副使とともに帰国）『遊仙窟』を持ち帰る。
705	2		8 月，安麻呂，大納言に。 11 月，安麻呂，大宰帥に。
707	4	6 月，元明，即位。	2 月，遣唐副使，帰国。
708	和銅元	3 月，藤原不比等が右大臣に就任。	3 月，安麻呂，大宰帥，交替。 4 月，柿本佐留，死。

710	3	正月，元明天皇，朝賀を受けるさい，薩摩の隼人と蝦夷らが参列。 3月，平城遷都。	旅人，隼人や蝦夷を率いる。(『続紀』における旅人の初見。)
712	5		正月，『古事記』撰上。
713	6	4月，日向国は薩摩，大隅を分国し，3国になる。 5月，風土記撰上の命令。 7月，隼人討伐に功のあった1280余人に勲位。	
714	7	3月，隼人，道理に暗く荒々しく，法令に従わない。よって豊前国の民200戸を移す。	5月，安麻呂，死去。 11月，旅人，左将軍に。
715	8	5月1日，土断法発令。	5月22日，旅人，中務卿に。
715	霊亀元	9月，元正，即位。改元。	
716	2	5月，隼人貢上年限を6年に短縮することを認める。 8月，遣唐使，任命。宇合，第8次遣唐使副使に。	
718	養老2	養老律令撰？隼人司がおかれる。養老令制の神祇官には神部30人，卜部20人が所属。祝部は見えない。 12月，宇合，帰国，入京。	3月，旅人，中納言に。大伴家持，誕生か。
719	3	7月4日，初めて抜出司（相撲司・相撲節会に出るものを選抜する使か）を置く。 7月13日，初めて按察使を設置。常陸国守宇合が按察使に。	9月8日，旅人，山城国の摂官に。
720	4	2月，隼人が反乱を起して，大隅国守の陽侯史麻呂を殺す。 5月21日，『日本書紀』撰上。 6月17日，「将軍は原野に野営してすでに1か月」との詔。 8月3日，藤原不比等，死去。	家持，誕生か。(山本健吉説) 3月，旅人，征隼人持節大将軍に。 8月12日，旅人，帰京。
721	5	正月5日，長屋王を右大臣に。	
723	7	4月，日向・大隅・薩摩の士卒は隼人の征伐のため，軍役に引き出され，飢饉や疫病。3年間，租税の免除。 5月，大隅・薩摩2国の隼人たち624人が朝貢。隼人に宴を賜る。34人の酋長に位を授け，禄を賜る。 6月，隼人らは郷里に帰る。その後，一応6年毎の朝貢。	

724	神亀元	2月，聖武，即位。改元。長屋王，左大臣に。 4月，宇合，持節大将軍となり陸奥へ赴く。 11月，宇合，来帰。	憶良作七夕歌（1518）「令に応えて」（養老6年か？） 憶良作七夕歌（1519）左大臣長屋王の家で。
726	3	10月，宇合，知造難波宮事に。	この年の末，憶良，筑前守に。
727	4		10月頃，旅人，大宰帥となるか。郎女，家持（9歳？），同行。
728	5	4月，聖武，国司郡司に，騎射，相撲にすぐれた者，または力自慢の者を，勅があったときには貢進せよ，との勅。 8月，中衛府新設。	4月頃，郎女死去。（歌793，6月23日作）。 7月21日憶良作「世の中の」（804）
729	6	2月12日，左大臣長屋王の変。自尽。 3月4日，藤原武智麻呂，大納言に。房前は参議に留まる。 3月23日，全国の口分田をいったんすべて収口し，あらためて班給する（太政官の奏上）。	4月5日，筑前国宗形郡大領，外従七位上宗形朝臣島麻呂が宗像の神に仕えることになる。 憶良作七夕歌（1520,1521,1522）一云帥の家にて。
729	天平元	8月，天平に改元。 9月28日，房前，中務卿に。	10月7日，旅人の房前宛書簡(810-812)。
730	2	3月，大宰府の言上を入れて，大隅・薩摩の班田収受をしないことにする。	正月13日，憶良，旅人宅の梅花宴に出席。 4月6日，旅人，吉田宜への書状。梅花歌（正月13日）と松浦川に遊ぶ歌。 憶良作七夕歌（1523, 1524, 1525, 1526）7月8日，帥の家に集いて。 佐用姫歌群（旅人，憶良）871-875? 7月10日，宜の返信。相撲部領使に頼んで。 7月11日，憶良の旅人宛書簡と歌3首（868, 869, 870） 11月？旅人，大納言に。 12月，旅人，帰京。
731	3		7月5日，『住吉大社神代記』を納める。 7月25日，旅人，67歳で死去。
732	4	3月，宇合ら，功なり褒賞を受ける。 7月6日，大膳職に盂蘭盆の供養の備えをさせる。 8月，房前，東海道・東山道節度使。宇合，西海道節度使。	

734	6	7月7日，天皇，相撲の技を見る。この夕，文人たちに命じて七夕の詩を作らせる。これ以来，毎年のこととなる。	
738	10	7月7日，天皇，相撲を見る。梅の木の歌を詠ませる。 10月，皇后宮における維摩講。	家持七夕歌3900「1人天の川を仰ぎて」
741	13		3913左注，4月3日，内舎人家持。
743	15	7月，天皇，隼人らを饗応された。	
744	16	7月6日，太上天皇（元正）は仁岐川に行幸。 7月8日，太上天皇は難波宮に還られた。	
746	18		6月，家持，越中守に。28歳？
749	天平勝宝元	7月2日，聖武，譲位。孝謙，即位。天平勝宝に改元。	家持作七夕長歌4125と反歌二首。
751	3	7月7日，大臣以下諸司の主典以上に宴を賜る。	3月，家持七夕歌4163（あらかじめ作る）。 7月17日，少納言に遷任（4248）。 8月5日，京へ（4250）。
754	6		1月4日，自宅に大伴氏族を招いて宴を催す。（4298） 家持七夕歌4306以下八首「1人天の川を仰ぎて」
756	8	5月，聖武，死去。	
757	天平宝字元	5月，養老令の公布・施行	
758	2		6月，家持，因幡守に。
759	3	8月1日，孝謙，譲位。淳仁，即位。	正月1日，家持，万葉集最後の歌（4516）を作る。

増田 早苗（ますだ・さなえ）
聖心会会員。聖心女子大学キリスト教文化研究所所員。聖書学・神話学・霊性神学を専門分野とする。
著書：『聖母マリアの系譜——明星崇拝の東西』創元社, 2014年,『浦島伝説に見る古代日本人の信仰』知泉書館, 2006年, *The Spirituality of Japanese Folktales*, Enderle, 2002年,『日本神話と聖書と心のかけ橋』エンデルレ書店, 1997年,『日本昔話の霊性』エンデルレ書店, 1995年。

〔大伴旅人の信仰〕　ISBN978-4-86285-238-0

2016年8月 5日　第1刷印刷
2016年8月10日　第1刷発行

著者　増田早苗
発行者　小山光夫
製版　ジャット

発行所　〒113-0033 東京都文京区本郷1-13-2
電話03(3814)6161 振替00120-6-117170
http://www.chisen.co.jp
株式会社 知泉書館

Printed in Japan　印刷・製本／藤原印刷